与侄儿王耀清（左）、主持人钱云（中）在上海"越剧我来秀"赛场后台
（2011年）

王云兴（左）、王耀清（右）"叔侄档"在上海"越剧我来秀"赛场
（2011年）

在嵊州施家岙古戏台唱越剧（2014年）

与吴孝琰（左）、钱进德（右）在嵊州越剧博物馆（2013年）

台湾越剧皇后吴燕丽《红娘》剧照（1950年代）

台湾越剧皇后吴燕丽在《林黛玉与紫娟》中饰王熙凤（1981年）

台湾越剧皇后吴燕丽在嵊州家中会见来自英国的越迷朋友们（2017年）

杭州徐海安先生惠赠牡丹水仙图《青春永驻》（2020年）

杭州徐海安先生题词："不与名花争富贵，只为大地添光辉"。

一个老越剧迷的心声

王云兴 著

北方文艺出版社
·哈尔滨·

图书在版编目（CIP）数据

一个老越剧迷的心声 / 王云兴著 . — 哈尔滨：北方文艺出版社，2022.8
 ISBN 978-7-5317-5647-7

Ⅰ. ①一… Ⅱ. ①王… Ⅲ. ①散文集 – 中国 – 当代 Ⅳ. ① I267

中国版本图书馆 CIP 数据核字 (2022) 第 106913 号

一个老越剧迷的心声
YIGE LAOYUEJUMI DE XINSHENG

作　　者 / 王云兴	
责任编辑 / 富翔强	封面设计 / 陈　姝
出版发行 / 北方文艺出版社	邮　　编 / 150008
发行电话 /（0451）86825533	经　　销 / 新华书店
地　　址 / 哈尔滨市南岗区宣庆小区 1 号楼	网　　址 / www.bfwy.com
印　　刷 / 涿州军迪印刷有限公司	开　　本 / 710×1000　1/16
字　　数 / 220 千字	印　　张 / 13
版　　次 / 2022 年 8 月第 1 版	印　　次 / 2022 年 8 月第 1 次印刷
书　　号 / ISBN 978-7-5317-5647-7	定　　价 / 69.80 元

序一

周育德

王云兴先生的《一个老越剧迷的心声》一书编成。煌煌五十余篇，篇篇有精彩。捧读书稿，不禁赞叹："夥颐！云兴之为文沈沈者！"[1]

孟子曰："诵其诗，读其书，不知其人可乎？"读《一个老越剧迷的心声》，应先了解王云兴其人。

云兴先生是我在杭州大学中文系读书时的同窗。我们是1957年入学的。入学不几天，他就展露出与众不同的个性特色，吸引了同学们的高度关注，给人留下了深刻的印象。

一是他谈吐文雅，话语间时常流露出幽默与智慧。这是因为他读的书多，所谓"腹有诗书气自华"。读中文系的学生大多是对语言文学有兴趣，但每个人的学养基础很有差别。一般说来，高中生的肚子里文学存量并不多。可云兴在上海复旦速中时，已经把《红楼梦》读得很熟，能背诵林黛玉的《葬花词》。他对薛宝钗情有独钟，分析起来头头是道。他

---

[1] 语出《史记·陈涉世家》：陈涉故人随涉入宫，赞曰："夥颐！涉之为王沈沈者！"即"哟！陈涉做大王真阔气啊！"沈沈：沉沉。育德先生在此略易几字，意思是："哟！云兴的作文真是洋洋大观啊！"

还读过朱生豪先生翻译的全套《莎士比亚戏剧集》，能背诵莎翁的不少名句，包括汉姆雷特大段的生死之问。更不简单的是，他还通读过十卷本的《鲁迅全集》，对鲁迅先生十分崇敬。在中文系的新生中，读过如此丰富的文学书籍的人是非常罕见的，因此我对他非常佩服。

二是他会唱越剧，唱得如痴如醉。在书斋窗外的甬道上，时常见到有同学握着书卷漫步，吟诵着"关关雎鸠，在河之洲"之类。令人称奇的是云兴却在全神贯注地吟唱"谯楼打罢二更鼓"，潜心揣摩越剧名旦金采风所唱的《碧玉簪》"三盖衣"。他唱得满腹幽怨，大家听得凄然神伤。很难想象这优美动人的女声独唱，竟出自一位身高一米八二的彪形大汉之口！云兴精于越剧，入学不到一月就加入校文工团越剧队，成为乐队骨干。

云兴在乐队里的职务是敲鼓板，俗称打鼓佬，在乐队里居至高无上的地位，是乐队的总指挥。乐队里所有的演奏员，都必须全神贯注于打鼓佬的手势、鼓点和表情，听从他的指挥。打鼓佬本人则须有足够的修养，足够的腹笥①——肚子里必须装有整本整本的戏，记得台上每一个角色的唱念做打的节骨眼儿，这样才能指挥乐队掌握好节奏，烘托出气氛，提振起演员的精气神。云兴13岁第一次看越剧，18岁成为越剧迷。他逢越剧必看，有的看过多遍，加上他的记忆力超强，所以一些经常演出的传统戏烂熟于心，使他能胜任愉快地担任打鼓佬。

除了敲鼓板，云兴还担任唱腔设计。校越剧队编演的一些现代戏，必须给新编的唱词生腔定谱。这个工作由云兴担任最合适，因为他熟悉越剧流派唱腔，可以根据演员的特点和戏剧情境给打出谱子来。

云兴经常教唱和演唱越剧。他唱得实在是好，在和浙江越剧二团演员交流时，被誉为唱出了"业余剧团"的"专业水平"。

---

① 笥：方形竹器，用以盛饭或放置衣物。腹笥：腹内储存。足够的腹笥：满腹经纶。

云兴不但越剧唱得好，而且逐步走入越剧研究的境界。大学四年级时，他曾与钱苗灿等同学到越剧故乡嵊州考察，有幸拜访过年逾古稀的越剧男班老艺人，归来参加编写了一本《越剧发展史》。这个油印本的越剧史，可能是中国最早的一部越剧史稿。其中记录的越剧男班老艺人的唱腔曲谱弥足珍贵。

大学毕业后，云兴一直从事语文教学，这是他的本业。退休前，他是上海市宝山区教师进修学院的高级语文教师。他讲课风趣幽默，深入浅出，很受学员欢迎。他的作文示范，言简意赅，生动深刻，颇具鲁迅杂文遗风。数十年来，云兴兢兢业业从事语文教学，同时也没离开过越剧，最终把"唱越剧"和"看越剧"当作了晚年修身养性的重要内容。云兴有个好习惯：随时认真地把唱越剧和看越剧的心得体会，以生动明快的笔法写成文字，数十年的认知和体悟，形成丰富的见解，蔚然已成大家。

有人说，对某种事物只有入迷成痴，才能有所成就。此话甚有道理。古人把读书多而成瘾的人称作"书痴""书库""书癫""书橱""书城""书仓""书巢""书窟"，用这些词儿比喻云兴，把"书"字改为"戏"字，即恰到好处矣。云兴对越剧的爱已达痴迷境界，所以做出大学问，讲出大道理，处处令人信服。

他讲的道理发自越剧迷的灵魂深处，是越剧迷的心声。他讲的许多道理，专业的越剧界人士未必能想得到，说得出。比如，对越剧名家的臧否，越剧演员碍于同行的情面，越剧专家出于学术的谨慎，讲起来往往要"话留三分"。云兴作为普通观众，就没有任何忌讳，说出的话是率直坦诚，常常入木三分。唯其如此，他的见解就有特殊的价值：越剧观众读一读，会增长见识，因为他说的都是内行话，关乎越剧的"门道儿"；越剧工作者读一读，对自己的艺术进步也大有裨益。所以，2013年嵊州越剧艺术学校专门邀请云兴先生到校讲学，一个年届八旬的越剧观众，登上专门的越剧艺校的讲坛，侃侃论道，这是何等的殊荣！

所以说，云兴先生用毕生心血凝聚成的著作，是值得珍视的；《一个老越剧迷的心声》的读者，是幸运的。

2021年3月3日于北京陶然亭西半步桥。

序二：读稿三赞

钱苗灿

云兴老哥给我布置"作业"，叫我为《一个老越剧迷的心声》写篇序，于是，在岁末年初的拜年贺岁、人来客往、微信短信、柴米油盐的包围之中，我终于一段一段，一篇一篇读完了书稿中的所有文章和曲目。说实话，这本书稿是值得点赞的：朴实无华而真实感人，娓娓道来而亮点多多。

我与老王有六十多年的友谊，心有灵犀，说来话长，因而点起赞来，自然也不会局限于书中所述，而必将涉及书稿以外。择其要者，可为"三赞"：

一赞越剧，我的家乡戏。

我知道，老王早年有两大爱好：一爱鲁迅文章，二爱越剧唱腔。

在他的青年时代，这两大爱好简直不分轩轾。他不仅喜欢看越剧、唱越剧、打鼓板伴奏越剧，也喜欢读鲁迅、买鲁迅书、写研读鲁迅的文章，光是读书卡片就做了数千张，《鲁迅全集》一本一本地买足了全套，后来又因版本原因买了第二套！然而，慢慢地，不知不觉地，潜移默化地，他就与越剧越走越近，却渐渐疏忽了鲁迅，尽管至今仍从心底里尊

05

崇鲁迅、有时还阅读鲁迅。

之所以有如此变化，原因是多方面的，而其中一个重要原因，就是越剧对他的吸引力越来越大，或者说，是越剧的魅力全面征服了他！首先是越剧的唱腔好听，基本旋律又简单易学，他正是在18岁那年（1951年）被戚雅仙的《婚姻曲》吸引，一下子学会了这段唱腔，从此就爱上了越剧。

在《一个老越剧迷的心声》这本书里，你可以从数十篇文章中的每一篇、每一句里读出他对越剧的由衷热爱：热爱众多的流派唱腔，热爱绚烂的舞台形象，热爱丰富的新老剧目，甚至爱屋及乌，热爱有同样爱好的同学和朋友，热爱越剧故乡——嵊州的山山水水、一草一木！

一个身高一米八二的伟岸男子，祖籍江苏江阴，竟然对浙江嵊州的越剧一往情深，迷恋如斯，我作为越剧的"同乡人"，岂不是与有荣焉、脸上有光？呵呵！

二赞老王，一个纯粹的越剧迷。

从1951年到今年，正好70年！七十年里，我们的社会发生了翻天覆地的变化，我们自己，也从翩翩少年变成了耄耋老人；老王呢？七十几岁时发生过脑梗，几乎半身不遂，虽然用游泳等办法努力锻炼有所恢复，但体力毕竟大不如前，如今八十八岁，连走路都有些困难了，然而，对越剧的爱好却仍然初心不改，一如既往，可以说是"从一而终，白头到老"！

任何爱好，大多与爱好者本人的秉性和先天条件有关。

老王爱鲁迅，因为他青年时代爱观察、善思考，疾恶如仇，却生性幽默；但他更爱越剧，尤爱越剧中的悲剧，悲剧中的女性，女性角色的悲情唱段，例如前面提到的《婚姻曲》，以及《碧玉簪》中的"三盖衣"、《红楼梦》中的"黛玉葬花"、《孔雀东南飞》中的"惜别离"等。为什么一个身材高高的老汉却偏爱女性角色的悲情唱段呢？据老王自己说，是因为他的嗓子与戚雅仙、金采风、王文娟等人比较接近，学唱起来比较顺畅。

老王对越剧的爱好主要在唱腔，但其表现却是全方位、多样化的。

他酷爱亲临剧场看演出，凡在上海及周边若有越剧演出，他几乎每换剧目必到，办法是购买年票或套票，或者去等退票；85岁前，即使腿脚不便，即使路途遥远，他也到处赶着去看戏，有些戏看过多遍，仍然照看不误。还因越剧而对嵊州情有独钟，80至84岁间，他曾四赴嵊州，称"嵊州是我的第二故乡"。一听说嵊州有全国越剧男票友擂台赛，他就立即与侄儿报名参加，不顾自己年事已高。凡是同样喜爱越剧的人，他都引为知己，书中有多篇文章写到这样的知己，每一篇都写得真挚感人，如屠锦华、傅贻明、钱进德、王超法……以及周育德、骆重信等杭大的同班同学们，还有四篇专门写了"台湾越剧皇后"吴燕丽老太。平时，他把练唱越剧当作每天必做的功课，以及保健养身的手段；一听说单位里、社区里要开什么大会，他就立马毛遂自荐，愿为大家表演一段；一听说嵊州越剧学校有意请他去给学生讲讲越剧，他更是兴奋无比，认真准备，一上台就厚积薄发，滔滔不绝，说出来全是内行话，比某些越剧专家还专业，一边还越音袅袅，"示唱"不断呢！

然而，他很谦虚，多次表明自己仅仅是个"越迷"，连"票友"都算不上；但在他身上，却绝对没有某些越迷的坏习气，不起哄，不喝倒彩，不强求签名，不拉帮结派，也从不传播花边新闻，不爱低级趣味，他只是认认真真看戏唱戏，清清白白教书做人。

老王啊，实在是个纯粹的、品位很高的越剧迷！

三赞耀清和海玲，老王的左膀右臂。

《一个老越剧迷的心声》是老王多年经历的实录、丰厚心得的浓缩。在撰写和制作过程中，得到了侄儿王耀清和女儿王海玲的全力协助。

他们二人，仿佛是上帝特意派来帮老王爱越剧的！

老王爱越剧，居然这个侄儿也爱越剧；老王爱唱花旦，侄儿居然爱唱小生；老王能打鼓板，侄儿居然能拉二胡；老王练唱要放伴奏带、要录音、要录像、要制作光盘，侄儿居然什么都会，都能帮他搞定；老王要去嵊州，侄儿不仅有车，还有驾照能开车……天哪！这一切的一切，简直是天造地设啊，岂不是上天的安排？

海玲是老王的宝贝女儿，对老爸极孝，这在《要服老，又要不服老》一文中有所提及。她在一家外资公司工作，好像还是位高管，但对老爸百依百顺，对他的好恶，也是全身心支持，包括他坚决不用智能手机的习惯，她也无条件地理解。

老王视写作为"神圣事业"，但不会电脑，于是每写一篇，就由海玲打字复印，期间难免修修改改，琐琐碎碎，女儿却一律认真完成，从无怨言。多少年来，海玲就一直担任着她老爸的"秘书"！

所以，当我问起这两个小辈时，老王就十分自豪地对我说："他们是我的左膀右臂！"

《一个老越剧迷的心声》的推出，这两位"左膀右臂"功不可没！

云兴老哥今年八十八，正好到达"米寿"[①]标准。祝愿他在家中小辈们的帮扶下，步履稳健地向着"白寿"[②]和"茶寿"[③]挺进，小弟我则唯老王的马首是瞻，向他学习，紧紧跟上！

2021年2月28日，农历元宵后二日。

[①] "米"拆开为"八、十、八"。"米寿"，指八十八岁寿辰。
[②] "百"去"一"为"白"。"百"减"一"为九十九。"白寿"，指九十九岁寿辰。
[③] "茶"草字头为"双十"。中间"人"分开为"八"。底部"木"拆开为"十、八"。中底部相加"八十八"，再加草字头"双十"，总计"一百零八"。"茶寿"，指一百零八岁寿辰。

序三：越迷之痴者

钱进德

迷者，沉醉于某一事物之人也；痴者，极度迷恋某一事物之人也。我把王云兴定位于"越迷之痴者"，就是说，在我心目中，他是一位把毕生业余精力倾注于越剧爱好的这样一位痴迷者、痴情者。

我和王云兴相识于杭州大学中文系。他比我低一届。当时学校组织了一个杭大越剧团，由越剧发源地嵊州籍同学钱志华、潜苗金和我，加上越剧发祥地上海籍同学王云兴、钱苗灿及龚雪峰等组成一支精悍强劲的乐队。王云兴司鼓，是乐队的总指挥。

我们在杭州大学期间，曾一起排演过多台越剧折子戏，如《盘夫》《断桥》《楼台会》《打金枝》《春香传·爱歌》和越剧现代小戏《货郎与姑娘》等。乐队伴奏时不用曲谱，队员们对曲调早已烂熟于心。只要王云兴的鼓板一响，乐队便马上奏出"来咪拉索"的各个折子戏的曲调，正是"堂上一呼，阶下百诺"。王云兴指挥自若，胜如闲庭信步；乐队全力以赴，演奏出抑扬顿挫，优美悦耳的乐曲。乐队阵容齐整，配合默契，堪比专业。尤其是钱志华的主胡、钱苗灿的琵琶与笛子，与专业毫无二致。

王云兴不但是乐队的总指挥，还是唱越剧的高手。他唱越剧嗓音沉稳，咬字清晰，音质朴实，富有韵味。对各个越剧流派如生角尹派、范派、徐派、陆派、毕派、旦角袁派、傅派、戚派、王派、吕派、金派等，他都能讲出个子丑寅卯来。而对于戚派，他更是情有独钟，痴迷至极。

王云兴从青年时期对越剧的痴迷和执着，直到耄耋之年初心不改，仍积极参与各类越剧盛事。他对上海市的越剧演出活动极度关心，可以说是"逢越剧必看"，这已不在话下。他暮年在越乡的越剧活动，依然非常频繁。诸如：

2013年5月，80高龄的王云兴赴嵊州越剧艺术学校做题为"一个老越剧迷的心声"讲座；赴施家岙古戏台与嵊州越迷们一起唱越剧；参观越剧博物馆；瞻仰新昌大佛。

同年11月，参加嵊州东王村"全国越剧男票友擂台赛"。

2014年5月，参加"杭大老同学越乡游"活动，在施家岙古戏台与嵊州越迷们一起唱越剧。

2017年10月，参加"世茂杯第二届越迷艺术节——《越乡越情》全国越迷畅游嵊州"活动。

10月29日晚，在"沪嵊越迷交流会"上做题为《雅歌满江南，仙声传天下》专题讲座，听者受益匪浅，博得一阵阵满堂彩。一位上海的耄耋老人，对越剧如此痴迷、执着，令越乡的与会越迷无不动容，听者长时间经久不息的掌声，是对王云兴的最好回报。

10月30日，在返沪途中，拜谒上虞祝家村"英台故居"。

值此王云兴《一个老越剧迷的心声》一书问世之际，我简要记录了我与他从青年学生时代到耄耋之年的有关越剧的交往。我想，一个人能把毕生的业余精力，全身心投入到越剧爱好中去，迷在其中，痴在其中，那么专注，那么乐此不疲，实属难能可贵。王云兴曾经说过："生命不息，唱戏不止。"不是"越迷之痴者"，焉能说出如此经典的话来？王云兴在垂暮之年，依旧天天练唱他自己选定的22首越剧练唱曲，决心与之相伴到永久，着实令人肃然起敬。

让我们为王云兴这位"越迷之痴者"喝彩！

2021年2月23日于嵊州。

序四：我的叔父

王耀清

我叔父王云兴，是一位性格耿直、心地善良、为人真诚、顽强好胜、活到老学到老、童心不泯的前辈、长者，又是一位超级越剧迷。在他影响下，我喜欢上了越剧，更亲密地接触了越剧。2019年退休以后，我加入了上海彩虹青年越剧团，在团里参加演出，兼任技术总监。

我叔父和我们五个兄弟姐妹关系都很好。记得他在浙江读书和教书期间，每年寒暑假都要回上海来看望我们这些侄儿侄女，每当假期结束他要回浙江了，我们都依依不舍，不愿他走。等我们长大了，我们仍和他保持经常联系，情同朋友和知己。最近十几年，我帮叔父做些有关越剧的事，如准备越剧伴奏曲供他练唱，帮他录音、录像、制作光盘、收集资料，陪他四访越剧发源地嵊州，等等。

叔父从小就教我唱越剧，还教我很多做人的道理。在他的影响下，我对越剧加深了理解，爱得更深。2011年上海七彩戏剧频道的《越剧我来秀》，叔父让我陪他一起以"叔侄档"参加比赛，我无心插柳进入了决赛，从此与越剧结下了不解之缘。我和叔父的感情也更深了。

叔父追求"长命百岁"之理想，把22首越剧练唱曲作为晚年天天练唱的依据，预定90岁、95岁、100岁录唱三次，留作"声乐养生"的存档资料。叔父比我年长25岁，到他100岁高龄时，我才75岁。我一定完成好每次为叔父录唱的任务，并为他保存好珍贵的音像资料。

            2021年3月18日

目 录

难忘越剧《婚姻曲》 001
她来自上海越剧院 003
母校喜遇屠锦华 006
屠锦华原名屠金花 008
杭大学生戏曲活动琐忆 011
鹅毛大雪满天飞 017
老友的梦想 019
头牌花旦傅贻明 021
越剧《红楼梦》观后 029

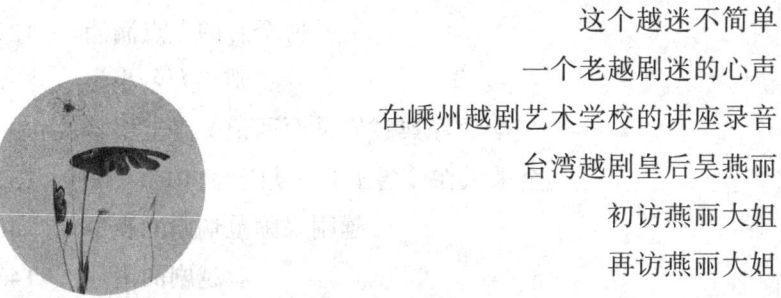

我的一篇观后感 031
我与周育德 033
《浙江戏剧名家》采访纪略 036
这个越迷不简单 039
一个老越剧迷的心声 041
在嵊州越剧艺术学校的讲座录音 045
台湾越剧皇后吴燕丽 060
初访燕丽大姐 068
再访燕丽大姐 071

三访燕丽大姐　074
沪嵊越迷交流会　077
越剧唱功随笔　080
从"牛叫"说起　084
浙江越剧二团的男声唱腔　087
"越剧嘉年华"随感　089
"越女争锋"和"越男争锋"　092
我与钱进德　095
老同学的召唤　103
耄耋至交王超法　106
我第一次看越剧　109

致好友钱苗灿函　112
东王村的"小春花"　115
女子越剧与髦儿戏　117
女子越剧风云榜　120
缅怀姚水娟　123
袁雪芬和傅全香　126
傅全香的点点滴滴　129
越剧三大名小生　132
经典越剧《西厢记》终上银幕　135
金采风在《碧玉簪·归宁》中的一段唱　137
越剧宗师范瑞娟的丧事　140
看越剧的遭遇　143

等退票　146
暮年五载看越剧　148
越剧演员九代同堂　151
《锦瑟年华·上越新生代展演》观后　153
呼吸养生50年　160
要服老，又要不服老　163
生命在于运动　166
我的90规划　168
晚年养生18字诀　170

丝竹声声忆当年　172
王云兴、王耀清学唱越剧名段18首目录　176
生命不息，唱戏不止　178
王云兴学唱越剧名段12首目录　181
我与越剧共此生　182
王云兴越剧练唱曲22首目录　185

后记　187

难忘越剧《婚姻曲》

因为没有家谱，我不了解自己的家族史。我只知道我们一家三代都是包办婚姻。我祖母、母亲和大嫂都是童养媳。我母亲年轻守寡至终老，长达50余年。

1949年春天，我母亲和兄嫂返家乡江阴小住，我一人留在上海。母亲按照"常规"，为我在家乡定了亲，我兄当即明确反对却无效。我当时是已有三年工龄的学徒工，我得知母亲为我订了婚，虽觉很不对劲，但又深感母命难违，不知如何是好。

不久，新婚姻法颁布，宣传活动大张旗鼓展开。由傅骏作词、戚雅仙演唱的越剧小演唱《婚姻曲》灌制成唱片，风靡全国。我们厂的车间、食堂和广场，到处装着扩音喇叭，反复播放《婚姻曲》，大家都说很好听，跟着学唱，不久就唱会了。我就是在那时学会了唱《婚姻曲》，并爱上了越剧。那是1951年，我18岁。

《婚姻曲》是一首行云流水、酣畅淋漓、一气呵成的绝妙越曲，它凭着唱词的通俗而典雅，简洁而丰满，凭着唱腔的质朴而华彩，深情而爽朗，深深打动了人们的心，激起了强烈的共鸣。例如唱到小寡妇"忧忧郁郁把青春误，一生幸福断送掉"，如诉如泣，悲痛欲绝；唱到"美满的婚姻乐陶陶啊"，喜不自胜，如闻笑声；唱到"重婚娶妾办不到"的"办"字，音调陡高陡重，犹如当头棒喝。而"千年枷锁已打开，封建礼教如啊山倒啊"，不但使人感到婚姻制度变革大潮排山倒海，势不可挡，也充分抒发了新中国人民大众的胜利豪情；"父母之命不足道，媒妁之言已取消"，既摧枯拉朽地捣毁了盲从"父母之命，媒妁之言"的思想牢笼，又展现了人民政权在"谈笑间"让罪恶的旧制度"灰飞烟灭"的浩然正气；"青年男女两相爱，美满的婚姻乐陶陶啊"，更成了青年男女们的追求和向往。我终于受《婚姻曲》鼓舞，在厂工会帮助下，征得女方同意后，登《劳动报》解除了婚约，成了我们家第一个婚姻自由权的获得者。

60年来，戚雅仙的《婚姻曲》始终珍藏在我心间。20世纪50年代初，上海一所重点中学越剧队来我厂演出《梁祝》"楼台会"和"送兄"。开场前大家拉节目，有人指名我厂一位唱得最好的青年女工上台唱《婚姻曲》，请台下中学生乐队伴奏。想不到演员和乐队初次相遇，未经排练，就那么配合默契，珠联璧合，让我由衷折服，终生难忘。20世纪60年代初，我在杭州看到一本正方形的大部头《中国戏曲唱片选（第二集）》，由中国音乐出版社出版，里面完整收录了越剧《婚姻曲》，曲谱记得很精准。我如获至宝，随即买回珍藏，不时取出吟唱。谁知此书不久丢失，我万分惋惜。1980年回沪后，虹口教育学院的老师们要我唱《婚姻曲》，我手头无任何资料，全凭记忆唱了一遍，大家拍手叫好，其实我唱漏了几句，他们都没听出来。60年后的今天，我以垂暮之年再唱越剧《婚姻曲》，倍感亲切、温暖和鼓舞，更觉别有一番滋味在心头。

真正完美、出彩、深入人心的艺术精品，总是不会被遗忘的。最近出版的《百年越剧名家唱腔精选》和《新编越剧小戏考》，都收录了戚雅仙的《婚姻曲》，让此曲作为越剧小演唱最优秀代表作的崇高历史地位，得到了充分的肯定！

2010年4月23日

她来自上海越剧院

我是个越剧迷。但除了看戏，我生活中很少有机会接触演员。幸运的是，在半个多世纪之前，有一位越剧演员曾与我同学三年，常在一起排演越剧，经常接触，她就是来自上海越剧院的青年演员屠锦华。

她是著名的越剧史上第一位女小生屠杏花的胞妹，唱、做及扮相都很好，只是嗓音略窄，可能自觉演艺前途有限，毅然于1954年弃艺从学，考入复旦大学附设工农速成中学理工班读书。她虽比我低一届，但入学时已28岁，比我大8岁。速中规定入学年龄18至38岁，她正好居中。

屠锦华学习用功，成绩优良，积极投身课外文娱活动，充分发挥了越剧演员的专长。不久成立的校越剧队，演员和乐队都相当齐备。文娱部长按屠锦华等同学提议，认为我会唱越剧，摸得准板眼，动员我敲鼓板。我欣然听命。三年间，屠锦华带领我们精心排演了好几出小戏，都自任主演兼导演。剧目有《拾玉镯》《小姑贤》《九斤姑娘·相骂本》等，演出都很成功。最成功、最出彩的是《拾玉镯》。

屠锦华饰演《拾玉镯》中的少女孙玉姣，通过唤鸡、赶鸡、喂鸡、穿针、引线、刺绣、拾镯、允媒等精湛细致地唱、念、做工，把一个天真纯朴、活泼多情的小家碧玉活灵活现地呈现给观众，博得了阵阵掌声。这个戏在本校演出后，还多次到上海市文化俱乐部和老干部休养所等外单位演出，每次都受到热烈欢迎。

为了配好《拾玉镯》人物动作的鼓点和小锣，屠锦华特地在一个星期天上午，带我和拉主胡的另一位男同学到静安寺红都剧场（百乐门）去学习。先由屠锦华在台上走台步、做动作，振奋越剧团鼓师在乐池里配锣鼓，再让我照着配了几遍，鼓师说："蛮好嘛，一学就会了！"屠锦华也向我微笑点头，表示满意。这个越剧团的团长是屠杏花。屠锦华对我说："王云兴，听说你想见见我阿姐。我阿姐今天上午正好有事没来，真对不起啊！"

当时，比屠锦华年轻好几岁的金采风和吕瑞英双星闪耀，大家都说她俩好，我也赞美过几句。大概有人把我的看法传给了屠锦华，她就向我解释："王云兴，听说你喜欢金采风和吕瑞英。其实越剧院青年演员的标兵是王文娟，领导上号召我们青年演员都要向王文娟学习！"

1957年初夏，在我们的毕业晚会上，屠锦华带领10名女同学，出色地合唱了《梁祝·十八相送》，深情地送别师兄和师姐。其中九句齐唱曲的悠扬、深沉、浑厚、隽永的旋律，久久回荡在我心间，半个多世纪以来，总是挥之不去。

屠锦华是1958年毕业的。那年暑期，我从杭州大学返沪度假，曾多次去艺术剧场（兰心大戏院）等退票，想看范瑞娟、吕瑞英主演的《万古忠义》，始终没有等到。其中有一次，我曾在较远处看见屠锦华身穿典雅靓丽的连衣裙，风姿绰约地出现在剧场门口，但一转身就入场看戏去了，好像并没看见我。

她考大学了吗？倘考了，她此刻应在等候录取通知书；若未考，她可以回越剧院，也可另谋职业。她的未婚夫一直待她很好，常陪着她随我们一起去外单位演出。他俩结婚了吗？

从此以后，我再也没见过屠锦华，也丝毫不知她别后的行踪。我向人打听过几次，答案不是"不认识"，就是"不知道"。她也许像王文娟或金采风那样，一直生活得很好吧！谨向她遥致衷心的祝福！

2010年5月19日

母校喜遇屠锦华

2010年9月19日，我应邀出席了复旦附中建校60周年校庆。光阴荏苒，转眼间母校已迈过了从工农速中、劳动中学、复旦大学预科到复旦附中漫长的60年征程！

阔别53年的速中老师和同学们，他们现在怎样了？由数千人参加的60周年庆典大会上午在复旦大学正大体育馆结束后，还在下午安排了半天"工农速中校友活动"，地点在附中体育馆一座大教室。室内坐满了两三百人，大多步履蹒跚，白发苍苍。附中现领导、速中老校长和几位老教师都讲了话，还每人发了一本226页精美的《速中岁月——献给复旦附中60周年校庆》，都是速中老师和同学们的书画和文章。我遇到4位速中同班同学，一起午餐，一起在体育馆门外合影。

我还意外地遇到了那位长期牵挂、难觅踪迹的来自上海越剧院的速中同学屠锦华。我把刊载于2010年6月号宝山《退休教工园地》的《她来自上海越剧院》一文交给她。她阅后惊讶地说："速中越剧队这么许多事情，你怎么都记得那么清楚呀？""我比你年轻多啦！""你不是比我高一届吗？怎么会比我年轻呢？""你入学时，我听说你已28岁，所以我一直知道我比你小8岁。""不对。我是1932年生的。""哦！那我是

1934年生的，我只比你小2岁呀？"

她又说："你的文章很有感情色彩嘛！""是吗？我主张写文章要'三真'：真实、真知、真情。有位好朋友读了我这篇文章，认为我很欢喜你。其实我是崇拜你，很纯洁，绝对没有别的想法……""有别的想法又怎么啦？你欢喜我有何不可呢？少男少女，男未婚，女未嫁……""对对对，你说得很对！但你说的是常理，我说的是实情。""噢！那倒是的，是的！"

她在速中体弱多病，有时咳血，而今已年近八旬，反见壮实矍铄，神采飞扬，我很高兴。她告诉我：1958年速中毕业后，她升入复旦读了一年多大学，就因支气管扩张咳血加剧，难以完成学业，只好回越剧院，跟著名编剧庄志学编剧。20世纪六七十年代时，她到工厂"战高温"，直至退休。她的病，后来被治愈了，所以她并不怕劳动。她阿姐屠杏花终生未嫁，活到1989年，享年77岁。屠锦华以胞妹之深情，为屠杏花这位早期越坛名家养老送终。

屠锦华现住在市中心一幢大楼内。她夫婿毕业于圣约翰大学，退休前是一所区教育学院的英语老师。他们有两位千金，一位在美国，一位在上海，都十分孝顺。她一家生活很幸福。

我曾悬揣："她也许像王文娟或金采风那样，一直生活得很好吧？"所幸被我猜中了！屠锦华与王文娟、金采风相比，至少有两点相同：一是她们的夫婿都是大学毕业生；二是夫妻都很恩爱。令人欣慰！

临别时，我对屠锦华说："2015年母校65周年校庆再见！""好，我一定会来。再见！"

2010年10月10日

屠锦华原名屠金花

2013年2月14日，年初五，我由女儿驱车陪同，到大学同窗钱苗灿同学家中拜年。苗灿惠赠我四件礼品：《上海越剧志》一本；《越剧红伶传记》一本；《纪念越剧改革70周年展演剧目》两册；方亚芬交响版《玉卿嫂》唱腔集一套。苗灿是《上海越剧志》编委和五位主要撰稿人中的一位。这本志书编写得翔实严谨，出版后，他多买了一本，专为我留着。《玉卿嫂》唱腔集由方亚芬签赠苗灿。苗灿认为我喜欢学唱越剧，把这套唱腔集转送给我最合适。他说："把它放在我这儿，岂非'明珠暗投'？"我向他表示衷心感谢。

回家后，我如饥似渴地浏览了全部材料，聆听了全套唱腔，觉得很有意味。嵊州越剧艺术学校老校长钱永林编著的《越剧红伶传记》，写了近百年来115位越剧红伶的传记和简介，如此全面细致的越剧演员史料，实属罕见，令我得益匪浅。只是在读到《"文学小生"——屠杏花》中写到屠杏花的"小妹因母亲缺奶，缺少营养而成疾夭折"，"可怜屠洪标夫妻俩生育了四个子女，最后只剩下杏花独根幼苗"时，我产生了疑问：屠杏花的小妹屠锦华，不是我的速中同学吗？怎么说她"夭折"了呢？屠杏花既有这个小妹，又怎能算"独苗"呢？

于是，我把长达9页的《"文学小生"——屠杏花》一文的复印件寄给老同学屠锦华，请她审核。她很快打来电话：

"王云兴，谢谢你寄材料给我。《越剧红伶传记》这本书，我没见到过。我阿姐屠杏花确实是'独苗'。你寄来的复印件，我仔细看过了。除了江东村离县城的路程写得不够准确，应改'五里'为'五公里'之外，其余材料都很准确，可见作者作过认真仔细的调查研究，文章写得不错。"

"那么，你怎么会和屠杏花走到一起的呢？"

"我原是嵊县城里一个赵姓人家的小女儿，四五岁时被送给屠家当女儿。我阿姐当时廿三四岁，比我大19岁，已是上海的越剧名角。我在屠家只待了几个月，阿姐就回乡接我到上海，一直把我带在身边。我和阿姐相依为命，结缘很深。我们名义上是姐妹，实质上像母女。阿姐终生未嫁。我以'小妹'的身份，怀着'女儿'的孝心，一直陪伴在她身边，直至养老送终。"

"你们这段可歌可泣的姐妹情缘，钱永林同志大概不知道。他要是知道了，一定会在你阿姐的传记中写上一笔。"

"这倒很有可能。但我感到不写这段姐妹情也可以，因为原文已写得很完整，若再把姐妹情加进去，会不会变成题外话，显得画蛇添足呢？"

"我认为加进姐妹情，是锦上添花，不是画蛇添足。我希望此书再版时，作者能添上这一笔。噢！屠锦华，我想问你，你的从艺经历是怎样的？"

"我是跟着阿姐她们学戏的，十二三岁就出科登台赚钱了。我在范瑞娟、傅全香、张桂凤领衔的东山越艺社唱了好多年。我原名屠金花，自己觉得不够雅，就在加入华东戏曲研究院越剧实验剧团（上海越剧院前身）时，在登记表上改填为屠锦华。"

"你从一名越剧演员考入工农速中，速中毕业后又考入复旦大学数学系，成为一名大学生，这在越剧界还是独一无二的吧？真不容易！"

"是的。当时我阿姐非常高兴，大家都说我是越剧界的骄傲！"

2013 年 5 月 15 日

杭大学生戏曲活动琐忆

我于一九五七年九月考入浙师院中文系。第二年九月，老浙师院改名杭州大学。一九六一年七月毕业后，我先后在杭州师范学校、浙江省教学研究部、浙江嘉兴中学、浙江嘉兴东栅中学及上海虹口区教育学院从事语文教学和教研工作。四年大学生活，如诗如画，如火如荼，常浮现于我脑际，总珍藏在我心中。我感谢尊敬的老师，是他们为我指明了治学的方向；我怀念亲爱的同学，是他们给了我友谊和关怀。在漫长的二十五年教学生涯中，我始终为"杭大毕业生"这个光荣称号而自豪，而自勉。我乐于把母校留在我心中的美好印象一一形诸笔墨。首先值得回忆的，是当年杭大学生中广泛而持久地开展的戏曲活动，因为在整整四个年头里，我自始至终是这项活动的积极参与者。学生的戏曲活动，不但丰富和活跃了课余生活，发展了个性，健全了身心，而且锻炼了组织活动能力，启迪了钻研创造精神，树立了为人民服务的思想，给毕业后的工作、生活和学习提供了智慧、勇气和力量。

一、搬演

记得入学不久,在一九五七年国庆前夕,校越剧团在食堂门口张贴启事,招收新演员及乐队成员。我报名参加乐队,敲鼓板。第二天中午,校越剧团团长、中文系五六级同学潜苗金就来通知我当天晚饭后到第一和第二宿舍之间的二楼活动室参加越剧团活动。我按时赶到,见五六位男同学手持各种乐器,坐成个半圆形。中间的鼓架上放着一只板鼓,鼓架后面有一把椅子空着。团长请我坐入空位,又把鼓槌和尺板递给我。乐队前面站着两位女同学,等着练唱《楼台会》。待我坐定,团长就叫我"起板"。这段戏我很熟悉,不但全部会唱,而且在上海复旦速中多次伴奏演出过,所以一上手就很顺利。活动进行了近一小时。

事后我才清楚:这天晚上的活动,主要是为了考考我。结果,据说比较满意。参加这项活动的是:主胡龚雪峰、三弦潜苗金,秦琴钱进德,都是中文系五六级同学;二胡赵君立、中胡陈震,是历史系五四级同学;琵琶钱苗灿,是中文系五七级同学,与我同级;两位女演员,是中文系五五级同学,我只记得唱小生的那位叫沈仕英。《楼台会》经过几次排练,不久就在校广播站做了一次广播演唱。

当时老浙师院分部还在六和塔西面的山上(现浙大三分部),那里生物系毕业班的许爱芬、王金华、钟慧玲和另一位女同学,先后排演越剧《春香传·爱歌》和《打金枝》第一场,学生会文娱部指定我们乐队为她们伴奏。我们乐队在道古桥本部,与演员天各一方,只能利用几个星期天的下午,凑到一起排练,我记得都是她们从山上赶到本部来。两个戏先后在本部及分部演出,都还算成功。记得许爱芬、王金华、钟慧玲同学曾从山上寄给乐队每人一张《春香传》剧照留念,背面有她们的题签,寄给我的那张,可惜在几次搬迁中丢失了。

一九五七年冬天,全院师生分赴萧山、余杭两地参加农业劳动,学生会文娱部指令校越剧团排练《盘夫》，小生曾荣和丫鬟飘香由演过《春香传》和《打金枝》中相同行当的许爱芬和钟慧玲扮演，花旦严兰珍由数学系傅贻明同学扮演。经几次排练，这个戏先在萧山农村为农民演出一场，第二天又赶到余杭农村为农民演出一场。两地的情景，几乎一模一样：演出时间都是晚上，舞台都是在露天广场上临时搭起的高度两米左右的草台，台前都高悬两盏白亮耀眼、咝咝作响的汽油灯，乐队都坐在草台左侧伴奏。从台上往台下看，广场上站满了农民群众，个个笑容满面。这种淳朴热诚的气氛，使我们的演出特别认真、特别投入。乐队和演员都聚精会神，一丝不苟，配合默契。由于我们共同努力，特别是由于傅贻明的演唱清脆婉转、明快华丽，《盘夫》的两次演出都很成功。半年后，这个戏又在萧山的欢潭与祝家演出两场，同样都很成功。

二、自排

一九五八年春，校越剧团决定自排新戏《货郎与姑娘》。剧本选自《东海》文艺月刊。剧中姑娘由中文系五七级顾爱卿扮演，货郎由历史系五七级庞明珠扮演，丈母娘由中文系五六级陈又新扮演。导演是中文系五六级张其昌，定腔谱曲是龚雪峰和我，合唱是中文系五七级王雪娟、何理常、宋珊苞等。

张其昌同学对这个戏的排练抓得很紧，三位演员也很主动。经常是中午由他们自己练唱练做，课外活动由乐队和合唱队同他们一起排练。这个戏在本院文娱晚会上演出后，又去留下解放军军部等处慰问演出好几场，都比较成功。

一九五八年夏天"双抢"期间，现代小戏《货郎与姑娘》也被带到了萧山的欢潭和祝家，与古装传统戏《盘夫》一起，为当地农民演出了两场，受到两地乡亲们的热烈欢迎。

三、创作

一九五八年九月，刚由老浙师院更名的杭州大学成立了校文工团，下设话剧、戏曲、舞蹈、美工等好几个队。我们年级一百九十几位同学，这时也由原来六个小班改编为四个大班。我所在的第三班，恰好集中了一批戏曲活动爱好者，后来都成了校戏曲队和年级、班级戏曲活动的骨干力量。我班共有六位同学参加校戏曲队：钱苗灿任校戏曲队长；周育德弹大三弦；我敲鼓板兼设计越剧唱腔；骆重信、张镇焕、王云喜是越剧男演员，分别演小生、老生和小丑。

校文工团一成立，就以创作和培养创造能力为宗旨。戏曲队首当其冲，率先自编自演反映农村扫盲活动的男女合演四幕大型越剧《红花绿叶》。编剧组由我班蒋孝状等几位中文系同学组成，我负责设计唱腔。记得编剧组每写好一段唱词，就马上交给我定腔谱曲。我往往连夜独坐在小教室，经反复吟唱后，记下简谱，再边哼边改，直到觉得满意，才誊清定稿，第二天清早交给有关演员及乐队成员练习。大家都练得很认真。

在剧中扮演男主角的骆重信同学，共有几百句男调唱腔，他都很快学会，而且唱得颇有韵味。

在剧中扮演老农民的张镇焕同学，唱词虽没几句，倒也唱得很风趣。

新来的主胡、生物系五八级同学张道禹，一拿到我的唱腔谱，总是很快学会后，熟练地给演员奏琴托腔练唱。

剧本脱稿没几天，演员唱腔台词都已背熟，于是很快投入排练，不久就在大礼堂公演。

与此同时，年级和班级的创作活动也很活跃。我们年级创作演出了反映大学生勤工俭学生活的独幕越剧《一架印刷机》，由我和二班顾爱卿编剧，由骆重信、顾爱卿、张镇焕等主演。我们三班则经常单独上街头，赴工厂，下农村演出自己编排的小戏，如我编写的越剧《祖孙小演唱》，由骆重信、宋珊苞主演，蒋孝状、杨光法编写的绍剧《元帅升帐》，由杨光法、张镇焕等主演，等等。

当时的创作，不但速度很快，而且质量也比较高。譬如一九六零年上半年在宁波古林公社劳动，临结束前，女同学汪梅根据浙江日报一篇报道，编写了一段越剧说唱《歌唱徐双喜》，先由我设计好唱腔，待集中到宁波市区，与分散在各公社生产队劳动的骆重信、钱苗灿会聚后，就立即着手排练，决定在返杭的火车上为同学、老师和旅客们演出。由于身处旅途，人力物力诸多不便，加以时间特别仓促，我们就采用了最简便的演出方式：由骆重信一人说唱；钱苗灿拉琴；我敲鼓板。在等候火车的几小时内，我们就把这个长达三四十分钟的说唱节目基本排练就绪。一上火车，我们就奔赴各车厢，接连演出好几场，受到旅客的热烈欢迎。后来，越剧说唱《歌唱徐双喜》成了我班的一个保留剧目，经常带往各地演出。

我们这些人，主要是搞戏曲活动，偶尔也兼搞其他艺术活动。譬如校戏曲队越剧主胡张道禹同学，又是校美工团最勤奋的一名学员；钱苗灿和我，也参加过裴正宗等改编的校文工团大型话剧《青春之歌》的演出；我还参加过由年级组织、童汀苗编剧、杨爱芳主演的独幕话剧《东海前线的女民兵》的演出。钱苗灿除经常演出笛子独奏和琵琶独奏外，还在一九五八年下半年和一九五九年上半年创作演出过民乐协奏曲《嫦娥下凡》和《闹通宵》，浙江人民广播电台还专门选播过他的乐曲。一九六一年上半年，我们参加了大型话剧《我们村里的年轻人（下集）》的民乐伴奏，张镇焕、王云喜等同学还在这个戏里担任了角色。我们在母校的最后一场演出，是毕业典礼之后，留校待分配的一九六一年八月一日晚上，在解放军军部慰问人民子弟兵，演出《我们村里的年轻人（下集）》。

四、研究

　　升入高年级以后,我们的戏曲活动逐渐朝着科学研究的方向发展。

　　当时我对越剧唱腔相当熟悉,一些越剧现代戏和传统戏的流行唱段及一些基本的越剧调式,我都唱得滚瓜烂熟。在那个年代,学生下乡很多,我们总要为农民演唱,深受农民欢迎。有时晚饭后农民邀我们围坐纳凉,我一口气可唱一两个小时。在学校里平时除了给学校、年级、班级演出的越剧节目设计唱腔外,我还经常在校戏曲队和自己班里教唱越剧、举办越剧讲座。

　　临毕业的那一年,我们班成立了戏曲研究小组,杨光法、钱苗灿任正、副组长,组员有我、周育德、张镇焕、王云喜、刘奕棋等,研究对象是越剧和杭剧,经常接触的艺术团体是杭州市越剧团和杭州市杭剧团。一九六零年深秋,我们班在绍兴畈里边劳动期间,还组织了越剧史编写小组,赴越剧发源地嵊县采访老艺人,查阅原始档案一个多月,写出了越剧史初稿。我执笔的部分是"新中国成立后的越剧",记得第一句好像是:"新中国成立后,越剧回到了人民的怀抱。"这个小组有五六个人,除我之外,现在只记得一位是跟我们班一起劳动的盛静霞老师,一位是出生在嵊县的钱苗灿同学。

　　一九六一年上半年,我们编写的越剧史初稿经周育德同学加工整理后,由中文系及校领导报送到浙江省文化局。后来,省文化局把它打印了出来,可能是为了征求意见。钱苗灿同学参加工作后,曾拿到过两份打印稿,一份面赠周育德同学,一份由他自己珍藏。

　　前几年,周育德同学从北京寄诗给我,戏称我俩为"西子湖畔两戏迷"。然而,在我们这批当年的戏曲爱好者中间,大学毕业后真正走上戏曲道路的,据我所知,恐怕只有周君一人。我衷心祝愿他在中国艺术研究院教学、科研双丰收,期待着不久的将来能读到他的中国戏曲史!

1987 年 1 月 15 日

鹅毛大雪满天飞

　　骆重信，我的杭州大学同窗。我俩从 1957 年 9 月进大学相识，到 2011 年 6 月重信谢世永诀，整整 54 年，始终过从甚密，堪称莫逆之交。

　　我与重信同班同庚，同为生死不渝的越剧迷。在大学课余文娱活动中，我在校戏曲队敲鼓板，设计和教唱越剧唱腔。我也常当众演唱越剧，但仅限于"清唱"，不善于"演戏"。重信则是唱做俱佳的头牌小生，无论小演唱、小戏或大戏，他都演得非常投入，非常成功，非常出色。重信一生最钟爱的越剧名段，是《风雪摆渡·鹅毛大雪满天飞》。

　　《风雪摆渡》是当年浙江越剧二团反映农民夜校生活的一出很精彩的现代小戏。著名男老生吴兆千扮演老渡工，著名男小生何贤芬扮演老渡工之子三小子，著名花旦王媛扮演民校代课教师小姑娘。王媛曾是重信在杭州武德高中求学时期的同学。小戏开场后，有一大段声情并茂、引人入胜的小姑娘演唱的中板"鹅毛大雪满天飞"，深受观众喜爱，杭大戏曲队要我教唱此曲。我观摩了演出，学会了唱腔，备好了曲谱，先在校戏曲队教唱。按常规，接下来我就应为我们三班教唱，但我把这个机会让给了重信。他开始推托："不行不行，一直是你教的，我怎么教得好呀？"我劝他："老骆，王媛是你高中同学，她唱得那么好，我认为由你这位老同学教唱最合适。你一定会教得比我好！"他果真特别卖力，很快就把全班同学教会了。这以后，无论在班级、年级或全校集会时，他都会带领全班齐唱"鹅毛大雪满天飞，行行走走到河西，只因哥哥生重病，民校上课我代理……"他把这首明快美妙的越曲变成了我们三班的班歌。

  杭大毕业后，重信一直在家乡诸暨从事中学语文教学。他对越剧热爱依旧，对"鹅毛大雪满天飞"深情无限。1991年暑期，年级同学会在母校举行毕业30周年聚会。在联欢晚会上，重信把我们三班几十位到会老同学集中起来，表演了越剧大合唱"鹅毛大雪满天飞"，博得了阵阵掌声。想不到过了30年，未经排练，拉起来就唱得这么好，这与当年重信教得认真，大家学得扎实、练得纯熟密切相关。2003年9月，年级同学会在宁波聚会，邀请重信筹划文娱节目。年届古稀的重信做了充分准备，在他备好的几支越剧曲谱中，有一支就是复印了几十份的"鹅毛大雪满天飞"。由于大学毕业已42年，重信怕大家记不住唱词，晚会前，他让我们三班几十位老同学集中到小会议室，每人发一份曲谱，领着大家反复练唱"鹅毛大雪满天飞"。最后，会务组认为此节目12年前已在杭州演过，为了避免"炒冷饭"，就把它拉掉了。4年后的2007年9月，年级同学会在杭州举行入学50周年聚会，重信又提出要全班合唱"鹅毛大雪满天飞"，经晚会主持人劝说而作罢。

  重信啊！你总是念念不忘心爱的越剧，念念不忘全班同唱的清脆悦耳、委婉动人的"班歌"，你总是像一名撑着伞儿奔赴民校代课的年轻教师，冒着漫天风雪，奋勇向前！

2012年3月18日

老友的梦想

2011年6月20日，我收到大学同窗陆殿奎从嘉兴寄来的赠书——长篇历史小说《吴越王钱俶》。殿奎在附信中问："骆重信的地址你清楚吗？我也想给他寄一册。"

重信是我半个多世纪的至交。他家在诸暨市近郊，因尚未设置家庭信箱，我寄他的平信往往丢失，不得不改寄挂号。我想让殿奎寄书给在诸暨市区工作的重信小儿子骆可风转交，就打电话给重信问地址。重信家电话一直无人接，打了三天，至6月22日晚上，才听到重信声音："老王，我在杭州住院检查了几十天，今天刚回诸暨。""什么病呀，这么严重？""血小板严重减少。照理一出血就止不住，但我经常打针，每次打好后，血就止住了。看来还不会有太大的危险，我们后会有期！""陆殿奎要寄书给你。我怕丢失，想让他寄可风转交；以后我的信，也想寄可风转交。你看好吗？""哎，这倒好的呀！那我关照可风一声。"他把可风单位地址报给我记下后说："陆殿奎那里，我打电话告诉他好了！"

接着聊家常，他问我最近忙什么。"从今年初开始，我一直在小侄儿王耀清帮助下，忙着录制第二张《学唱越剧名段18首》碟片，准备年底送给亲友们。""你小侄儿本事这么大啊？""他本事真不小，伴奏、录制、对唱，他一个人包下了。而且任劳任怨，一叫就到。""哎，这就好了！前几年我参加越剧比赛，聘请乐队伴奏，我感到很吃力，吃不消。我很羡慕你有这么一位小侄儿，能帮你伴奏和录制，那多少省力呀！还有，我总希望将来能请周育德、钱苗灿帮忙，介绍我们参加电视台联欢或比赛，唱一唱越剧，让大家看一看我们到了八九十岁，还能这样自娱自乐！"

上电视台唱越剧，是重信多年来念念不忘的梦想。他这梦想，常挂在我心头。数月后的金秋时节，机会终于来了：上海东方电视台七彩戏剧频道《百姓戏台》栏目举办"中国戏曲梦想秀"之"越剧我来秀"全国赛事，我决定邀重信来沪参赛。我考虑，参赛期间，可让重信夫妇住在我家做准备。重信第一个参赛剧目，可以是《鹅毛大雪满天飞》。伴奏，可由我侄耀清拉主胡，大学同窗钱苗灿弹琵琶，我敲鼓板。筹划停当后，我兴冲冲地于2011年10月10日拨通重信家电话，满心想给他送去大惊喜。谁料想，电话中传来的，却是重信夫人寿夷茗同志无奈的声音："王大哥，重信已经走了！"就在我与重信最后一次通话后第七天的6月29日晚间，重信病逝于诸暨市人民医院，终年78岁。原来，我以为他总能在八九十岁时实现"上电视台唱越剧"的梦想，想不到他竟会走得这么快！

诚然，重信可能因信息不灵，没能参与前几年浙江的"越迷争锋"，又因匆忙离世，没能赶上上海的"越剧我来秀"，一再错失"上电视台唱越剧"良机，没能"梦想成真"，酿成终生憾事。但是，早在逝世前三年的2008年，重信就以75岁高龄，凭一曲越剧表演唱《情系汶川》，荣获诸暨市老教师越剧演唱比赛第一名，这样的辉煌，也可告慰重信生平了。

重信啊，安息吧！

2012年7月11日

头牌花旦傅贻明

上

1957—1961年，我就读于杭州大学中文系，课外文娱活动一直在校越剧团敲鼓板，设计唱腔。在杭州大学越剧团众多演员中，我最佩服两位：一位是头牌小生骆重信，浙江诸暨人，他与我同班同庚，是我挚友；另一位是头牌花旦傅贻明，上海人，她是数学系的，也是我知己。当年在杭州大学，大家都说我在唱功方面是"业余剧团，专业水平"。我则认为重信、贻明都比我强，他们都唱做俱佳，都达到甚至超过了"专业水平"。我还认为，演大学生，骆重信不亚于赵志刚；演严兰贞，傅贻明不亚于金采风。关于重信，我已写过一些，此不赘述。我还想写一下傅贻明。

傅贻明给我的印象很好：嗓音洪亮，唱腔华美，性格豪爽，个子不高，身材匀称，双目炯炯，扮相俏丽。入大学不久，她陪一位杭州籍女同学到校越剧团试唱。团长张宝昌、乐队龚雪峰等同学请她也唱两句，一听很满意，就把她俩吸收加入校越剧团，排演《楼台会》《断桥》等剧目。其中《盘夫》参加了在胜利剧院举行的大型文艺会演，受到省长沙文汉等省市领导的接见，轰动一时。后来，贻明又陪这位女同学去报考浙江越剧二团。二团男演员梁永璋请贻明也唱两句，一听，就叫那位女同学"回去"，只留贻明一人。梁永璋说贻明条件很好，很有培养前途，让她随团学艺，跟着到各地巡回演出了好几个月。贻明跑龙套，但很高兴。贻明弃学从艺这件事，引起了大学领导的重视，由校长陈立把情况写信告诉了在山东工作的老战友——贻明之父。贻明之父立马赶到杭州，带贻明到六公园茶室谈话，强令她返校读书。贻明服从父命，但对越剧终难割舍。

回校后，贻明离开了校越剧团，但仍参加越剧活动。此后，校越剧团多次下乡演出《盘夫》，她的严兰贞始终演得最出彩，最受欢迎。后来她们班下乡演出自编越剧小戏，她总让他们班参加校越剧团的男同学把唱词带给我，命我谱曲。我和她很投缘，曾对乐队同学开玩笑说："要是我个子不这么高，我会向傅贻明求爱！"乐队钱进德将此话传给了贻明，大家一听，议论开了，都认为我说话唐突，担心贻明会恼怒。但贻明却平静地说："我倒觉得王云兴很坦率，没什么！"听者愕然。当时我不在场，这是进德事后告诉我的。

1961年9月，贻明和我一起杭大毕业。在大教室宣布杭州地区分配方案的大会上，主持人读完"傅贻明，萧山中学"，贻明大概担心主持人会不会读错，冲上台查核其手中名册无误后，笑着伸了一下舌头，引起哄堂大笑。

我被分配到杭州师范学校函授部后，过了半年多，1962年春天，我因思念同窗，惦记越友，特地写信给嘉兴卫校龚雪峰和萧山中学傅贻明，专诚邀请他俩周末一起到杭州胜利剧院观看浙江越剧二团新排的大型古装越剧，剧名好像是《金沙滩》。戏票是事先分别寄去的，他俩先后及时赶到剧场。散戏后，宿湖滨旅馆。贻明独住东间，我和龚兄共住西间。

星期天上午，我们一起乘车到杭师，在我办公室品茶聊天。午餐是在杭师附近的文二街饮食店吃的。下午，我陪他俩逛了一阵西湖，一起用过晚餐后，即送他俩到杭州火车站，先后目送龚兄火车向北、贻明火车向南，依依挥手道别。

这次聚会时，贻明讲起两件事：一、1958年暑期，我班为了"帮助"我，曾向贻明做调查，搜集我的"错误言论"。贻明反问调查者："怎么？王云兴还有错误言论啊？我真想不到！我一直认为他很进步，因为他不但出言吐语水平高，而且还动员我们入团呢！"二、乐队二胡手赵君立，是历史系四年级同学，金华人，毕业前夕到上海向贻明求爱，贻明婉转而明白地回绝了他。贻明说完此事，笑着对我和龚兄说："这怎么可能呢？"

不久，1963年和1964年，龚兄和我先后娶妻成家。几年之后，1967年盛夏，我去省府大楼5楼会议厅开会，巧遇贻明，久别重逢，不胜雀跃。她郑重其事地告诉我："王兄，我结婚了，对象是萧山当地一位干部。"我向她热烈祝贺。这一年，贻明30周岁。从此以后，我与她中断联系二十年。

中

1967年盛夏，我与傅贻明在杭州省府大楼五楼会议厅邂逅之后，一别就是20年。其间，我与她无任何联系。

20年后的1987年春，我在《杭大校史通讯》杂志上发表了回忆文章《杭大学生戏曲活动琐忆》。我要求买10本送人，编辑部说这杂志是非卖品，印数有限，只能送我5本，我当即寄给了龚雪峰、傅贻明、骆重信、周育德、钱苗灿。我还给张宝昌、张镇焕、王云喜寄了复印件。再过了20年，《王云兴文集》于2007年面世后，钱进德、钱志华、潜苗金等老同学才在我的《文集》中见到此文。

《杭大学生戏曲活动琐忆》写到杭大学生送戏下乡活动——1957年冬天，全校师生到萧山、余杭两地参加农业劳动，校越剧团的保留剧目《盘夫》，在劳动结束前两个晚上，分赴萧山、余杭两地为农民演出。文中记载："两地的情景，几乎一模一样：演出时间都是晚上，舞台都是在露天广场上临时搭起的高度两米左右的草台，台前都高悬两盏白亮耀眼、咝咝作响的汽油灯，乐队都坐在草台左侧伴奏。从台上往台下看，广场上站满了农民群众，个个笑容满面。这种淳朴热情的气氛，使我们的演出特别认真，特别投入。乐队和演员都聚精会神，一丝不苟，配合默契。由于我们共同努力，特别是由于傅贻明的演唱清脆婉转、明快华丽，《盘夫》的两次演出都很成功。半年后，这个戏又在萧山的欢潭与祝家为农民演出两场，同样都很成功。"文章着重提到"特别是傅贻明的演唱清脆婉转、明快华丽"，一再点明由她担纲的每场"演出都很成功"，这些都是广大观众和全体乐队成员对头牌花旦傅贻明的衷心赞誉。如果说傅贻明是我们这个戏班一名最光彩夺目的"名角儿"，那也一点不算夸张。我只是大伙儿的一名代言人而已。

我与贻明阔别整20载，虽关山阻隔，音讯断绝，但心中始终保存着一份对她无言的牵挂和欣赏。《杭大学生戏曲活动琐忆》发表后，我专门给她写了一封信，与《杭大校史通讯》杂志一起，寄往浙江萧山中学。几个月后，收到贻明回信：

云兴同学：

　　我几乎和你同时调回上海（1980年3月）。（按：我于1980年4月调回上海，比贻明晚一个月。）现在上海市曹杨二中任教数学。你的印刷品直到今天才转到我手。见了后心情十分激动，一切与你同感。虽多年没见，（按：20年了。上次分手，是1967年盛夏，贻明

30周岁。她写此信时，已50周岁。）但与你和龚雪峰的友情总让人难忘。虽不是经常想念，但只要一想到你们，总会有一种特殊的感觉。我们之间的友谊既真纯又深沉。说老实话，一见信就能提笔回信，对我这懒人来讲可是第一次。大家都在上海，见面方便，有言面谈吧！我希望你能到我家来一聚，盼来电联系……向贵夫人与千金、老太太问好。

傅贻明　1987年6月22日

得悉贻明调回上海，在著名的市重点中学——曹杨二中任教，我很欣慰。我那时刚由虹口调到宝山，工作和家务都较重，不便脱身，未能应邀去贻明家面谈，只是当即回信到江宁路长寿路贻明家，要贻明写信把她的近况告诉我，但从此再未见她回信。我估计她婚姻有变，不便向我书信倾吐，我也就此作罢，不再追问。

不久，龚雪峰收到我的杂志，喜出望外，与夫人王莹莹专程从浙江嘉善赶回上海，在新闸路胶州路其母家中约见我。龚兄时任嘉善一中党总支书记。他怕我不认路，特地把我从福州路上海书店领回家中。我问他："今晚聚会，要不要叫傅贻明来？"他说："时间紧，算了吧！"

龚兄夫妇、伯母和妹妹一起盛宴款待我这位"嘉宾"。龚兄曾历经磨难。妹妹："我哥哥现在总算扬眉吐气了！"伯母："多亏莹莹贤惠，夫妻恩爱！"莹莹："王大哥，我们女儿已考入浙江艺校，学唱尹派；儿子也在杭州读中专。"我："我女儿现在在同济大学读书。"龚："王兄，傅贻明的孩子怎么样？"我："不知道。"龚："那你了解清爽之后，告诉我一声好吗？"我："好的！"龚兄、贻明同庚，我比他们大3岁。

下

　　我与杭州大学越剧团的一批老同学们,交情都很深。尽管半个多世纪过去了,我们都已成了耄耋老人,但彼此依然念念不忘。2012年秋天,我接到嵊州钱进德电话:"王兄,请你到嵊州来玩,顺便给嵊州越剧艺术学校学生做个讲座。我和潜苗金、钱志华都很想念你,也都很想念傅贻明。你能叫傅贻明一起来吗?"我:"我把你们的心意转告傅贻明。来与不来,由她决定。"

　　几十年来,我与傅贻明都在上海,但并无来往。我只知道必要时可以找到她,因为她在25年前就把家庭地址寄给我了。那时她50周岁。转眼间,她已75周岁了。我带着进德兄的重托,专程赶往江宁路长寿路贻明家,一打听,知她家已拆迁,于是致函曹杨二中退管会询问。没几天,贻明电话就来了:"王兄,退管会把你的宅电交给我,说有一位王云兴找你,要不要给他回电,请你自己决定。我连忙说:王云兴啊?那我是要联系的!"我提起杭大越剧团乐队的钱进德、潜苗金、钱志华,她都说记不起来,不认识。我:"他们都很想念你,邀请你跟我一起到嵊州去玩。"她:"那我就不去了。"我:"那么,以后他们如来上海,我请他们吃饭,你也来陪陪他们,可以吗?"她"嗯"了一声,表示"可以"。

　　我把一本《王云兴文集》和第一、第二两张《王云兴学唱越剧名段》碟片寄到靠近中山公园的杨柳青路贻明家中。她收到后来电:"王兄,你的书我拜读过了。我觉得你对嫂夫人特别好。你悼念她的文章,情深意切,催人泪下,我很感动。我想,你对像我和龚兄这样的朋友也介好,介关心,那你对自己的亲人,一定更加好,这是必然的。你的碟片,我家里无法听,我会叫我侄儿来给我装一台步步高,再听吧。"

　　我告诉她龚兄已于59周岁病故,离世已16年了。她吃惊道:"啊,真的吗?太可惜了!"我还告诉她:龚兄曾向我打听她孩子的情况,我说"不知道"。她:"我只有一个儿子,现在苏州工作。儿子、媳妇、孙子一家三口,常来上海看我。"我问她为什么不去苏州跟儿子一起住。她:"我感到我的性格不适合家庭生活,譬如我和那位(前夫)在一起时,只要我一瞪眼,一声吼,他就吓得刮刮抖,不敢吭声。我觉得自己还是独居好。当然,我并不孤单,我朋友还是有的——不是男的,都是女的。现在有四位女同事是我的好朋友,我们经常在一起玩。"

后来,我在为嵊州越剧艺术学校学生作《一个老越剧迷的心声》讲座时提道:我原想为同学们示唱一段《风雪摆渡》男女对唱,我唱小伙子,再请一位我的老搭档唱小姑娘。我脑子里的"老搭档",指的就是傅贻明。可惜她没能赴会。

又过了5年,2017年春天,浙江新登张宝昌经与嵊州钱进德商定,热诚邀请我和傅贻明参加3月下旬"老杭大"学者新登考察团。我接连几天打电话到杨柳青路贻明家中,都无人接。我电告宝昌:"贻明可能住到苏州儿子家去了。"宝昌:"王兄,请你把苏州地址问清楚,我要去看她。"我:"我跟你一起去。"于是,我打电话到曹杨二中询问。退管会同志熟悉贻明和我的关系,热情地回答我:"傅贻明住到敬老院去了。你可以去看看她。"我很焦急,不顾年迈力衰和腿脚不便,真的去看了她两次。

第一次,是2017年3月中旬,我买好赴新登的长途汽车票以后,直接赶到长风公园一号门边上的普陀区教育局爱晚亭敬老院。我告诉敬老院的马老师:"傅贻明是我们杭州大学越剧团的头牌花旦,我是敲鼓板的。今天我是按照原杭大越剧团团长的指示,专门来看傅老师的。"马老师热情地把我领到贻明病房。贻明很高兴。50多年不见了,贻明已80周岁,胖了一些,其他变化不大。她:"我去年和同事们一起到苏州去玩,好好的,突然腔隙性脑梗,回到上海,不行了,我侄女把我儿子叫回来,送到这里,快半年了。除了四位女同事,我什么人都没告诉,连我侄女都不知道我在这里。我儿子每个双休日都来陪我。我不希望再麻烦别人。"我:"张宝昌请你到新登去玩。"她:"张宝昌是团长,他待我很好。如果我身体好,我真的会跟你去新登。"

　　第二次,是同年4月上旬,我刚从新登赶回上海,又赶到敬老院。这是因为几天前在新登,我当面约请进德和宝昌到上海一游,探望一下病中的贻明,我要将此事及早告诉贻明。上次接待我时,敬老院的马老师见贻明和我那么友好,这次她领我到贻明处,以为贻明会同样高兴。马:"傅老师,你的老同学又来看你了!"不料贻明面孔说板就板,大声吼道:"没有必要嘛!"马:"咦!你怎么变了呀?"我:"宝昌、进德要来上海,想请你一起到功德林吃顿饭,行吗?"她:"你看我这个样子,怎么行呢?"我:"那么,就让宝昌他们到这里来看看你,行吗?"她:"噢!你无论如何不要叫他们来啊!"言毕,她摸着墙壁走出病房,在走廊上倚壁而立,摆出"逐客"的架势。我很尴尬,放下礼物,匆匆离去。

　　此次冷遇,出乎意外。但仔细一想,我觉得贻明虽为"不麻烦别人",做得似乎太绝情了些,但她对我和龚兄、宝昌等老同学"既真纯又深沉"的友谊,我相信永远不会变;而我和进德、宝昌等老同学对贻明无言的牵挂和欣赏,也将永远不会变。

2018年9月13日

越剧《红楼梦》观后

上海越剧院演出的《红楼梦》，无论是剧本改编、演出、舞台设计与音乐效果，都达到了较高的水平。

剧本既忠实于原著，又发挥了改编者的创造性，充分运用了戏剧表现手法，准确而深刻地传达出了原著的精神面貌。从《黛玉进府》一直写到贾宝玉《哭灵、出走》，故事相当完整。全剧十二场好像多了些；但由于改编者恰当地选取并巧妙地处理了小说的情节，所以差不多每一场都有精彩之处。

我认为处理得最好、最富于独创性的，是第十一场《金玉良缘》（《洞房》）。过去很多越剧团演出《红楼梦》，对《洞房》这一场，几乎全是这样处理的：当贾母、凤姐等一伙"贺客"离开新房后，宝玉就对头上蒙着红盖头的"林妹妹"畅诉相思之情，然后揭开红盖头，发现是宝钗，顿时急怒不已……这样处理，我认为不甚合乎情理，好像只是为了发挥演员的"唱功"而硬插进去似的。越剧院对这场戏是这样处理的：贾母、凤姐等害怕暴露"调包之计"，在新房中再三阻拦宝玉去揭新娘子的红盖头，但宝玉趁人不备，一下子揭开红盖头，一看新娘子不是林妹妹，而是宝姐姐，他始而惊乱，继而狂怒，终于不顾袭人、凤姐、王夫人和贾母等人的劝诱和威胁，去找林妹妹去了。这样处理使人物针锋相对，把矛盾和斗争推到了顶点，增强了戏剧效果，与小说的精神也相一致。

过去一些越剧团演出《红楼梦》，对其中某些人物表现得简单化，与小说中真实性格有很大出入。如林黛玉，往往只是注意刻画她的多愁善感与孤独这一方面，而对她性格倔强、高傲、敢恨敢爱这方面就刻画得少；越剧院演出的黛玉，对此就刻画得较鲜明，较接近小说中的真实描述。

应该着重提到的，是王熙凤这个角色。过去某些越剧中的王熙凤总是被简单地表现成一个阴险奸诈的人物；至于她的风趣泼辣的言笑和挺拔秀丽的行动举止则没有表现出来。这样的王熙凤，人们一眼就可看出是个"坏人"，与小说中原来的形象相比，大为逊色。越剧院在这次演出中，对王熙凤的个性特征就有较好的表现：放任的举止，纵声的笑谈，加上修长的身材，华丽的服饰，俊俏的面庞，外表并不令人生厌；人们只是从她的行动中看出她内心的奸诈，看出她是封建礼教的一个地道的帮凶——花一般的外貌，狼一般的心计，这与小说中王熙凤的形象十分相符。

《黛玉焚稿》一场，越剧院的演法虽近似原著，但我以为还不如芳华越剧团的演法来得好。越剧院所表现的是：黛玉在沁芳桥畔从傻大姐口中知道了宝玉要娶宝钗后，卧病在潇湘馆，向紫鹃嘱咐了身后之事，撕帕、焚稿，然后饮恨死去。这样，我觉得有点过分拘泥于原书的情节，剧情不够集中、突出；林黛玉追求爱情和美好生活的愿望没有得到足够的表现。记得芳华越剧团是这样表现的：开始，黛玉即抱病向紫鹃诉述心事，表示今后要与宝玉更加和好，同时还为宝玉赶绣香袋。正在此时，傻大姐传来了宝玉娶宝钗的噩耗，这一晴天霹雳，给黛玉带来了致命的悲痛与绝望。于是她开始焚稿……这样，从希望到绝望，从期待到幻灭，不但淋漓尽致地凸现了主人公的性格，同时也集中地加强了这场戏的悲剧意义及感染作用，越剧院对这场戏如也能这样处理就好了。

1958年5月

我的一篇观后感

这已是55年前的事了。1958年初,在我进大学后第一次返沪度寒假时,我与师弟顾元生一起观赏了上海越剧院首演于共舞台的《红楼梦》。我耳目一新,感想良多。回杭州后,我利用几个晚自修,赶写了一篇《越剧〈红楼梦〉观后》,寄上海《解放日报·朝花》副刊。副刊很快把稿子寄回,附函称:"你这篇观后感写得很好,但不适于本报刊登,建议你另投其他报刊。"在同寝室徐锦华同学提议下,我把稿子寄给了中国戏剧家协会主办的半月刊杂志《戏剧报》。1958年5月15日,当年第9期《戏剧报》"红五月的上海舞台"专栏发表了我的文章。

文章发表时,编辑只删去了一个短语,其余都采用了我的原稿。原稿有一句"过去一些越剧团(包括芳华越剧团)演出《红楼梦》",编辑把括号和括号中的七个字删去了,使文章不突兀累赘,更简明流畅。数十年来,我一直认为这个删减非常好,我在修改其他文章时,总会想起这件事。

我的文章在国家级刊物上发表,引起了同学们的关注。第一个看到我文章的,是同寝室的张树建同学。他帮我把杂志从信箱里取回,先打开读了一遍。等我回到寝室,他迎上来说:"王云兴,你一进大学就发表文章,我非常激动!你的文章写得很具体,很有说服力。前几年姚水娟到临海中学演出，我也为校墙报写过一篇观后感，张贴在第一篇最显著的位置，大家都说我写得好。但那只是对演员赞扬了一番，都是泛泛而谈，根本没有什么具体内容，比你这篇差远了！"同班的骆重信同学听我说起此事，笑道："那当然差远了！张树建当时只是个高中生，他怎么能同你比呢？你说王熙凤'花一般的容貌，狼一般的心计'，这样的文句，也只有你能写得出来呀！"我说："老骆，你可不能这么说。那是张树建的谦虚，并不是我比他高明。"重信想了想，说："那倒也是的！"

比我高一届的校越剧团导演张其昌（现名张宝昌）同学，当时读了我的文章，竖起大拇指："王兄，你的文章，有真知灼见！"另一位与张其昌同班的校越剧团主胡钱志华同学，50多年来与我失去联系，最近总算又联系上了。我把《王云兴文集》寄给他，他阅后从浙江嵊州长乐镇打电话到上海："王云兴，你的文章质量很高，像《越剧〈红楼梦〉观后》等等，都是可以藏之名山的传世之作！"我的同班同学钱苗灿，当时读了我的文章，说："老王，你的文章有一点很突出，那就是对青年演员的褒奖，这是难能可贵的。"苗灿说的青年演员，就是在首演《红楼梦》中饰演王熙凤的唐月瑛，我在文中说她的王熙凤比其他越剧团演得好。四年后，1962年拍摄的越剧电影《红楼梦》，王熙凤一角改由金采风扮演。唐月瑛饰鸳鸯，戏份甚少。但她与金采风同样高挑，同样俊俏，同样光彩照人。后来，唐月瑛一直陪伴在老年徐玉兰身边。

不久，我收到了从北京寄来的稿费15元。为了珍视劳作和不事张扬，我用这笔钱购买了一部精装本上下册《红楼梦》，4元7角，现仍置于我书橱的显著位置；定制了两件短袖衬衫，一件灰格子纺，一件蓝府绸，共10元左右，穿了几十年，现已无影无踪。而那本载有我《越剧〈红楼梦〉观后》一文的1958年第9期《戏剧报》，则依然珍藏于我书橱下面的柜子里，封面上整页的徐玉兰、王文娟《红楼梦·读西厢》的七彩剧照，依然光彩夺目，熠熠生辉。

2013年2月1日

我与周育德

在我的杭州大学中文系的老同学中,有一批出类拔萃的英才,尤以原中国戏曲学院院长、现任中国戏曲学会副会长的戏曲史专家、戏曲理论家周育德最为突出。在大学,我与育德同班,十分投机;毕业后,快50年了,交往从未间断。我与育德是终生信赖的挚友。

育德是位热情豪爽、谦逊随和的山东大汉,平时大大咧咧,松松爽爽,但读书很专心,很用功,成绩总是名列前茅。大学毕业前夕,举行过一次"突然袭击"式的综合测试,一张试卷,囊括中国古代、现当代文学,外国文学,古代和现代汉语,文学和汉语理论等专业知识。育德得87分,名列年级第一,遥遥领先于其他同学。我们班编写的《越剧发展史》,先由育德和几位同学分头执笔。由于育德才华较出众,功力较深厚,最后由他统一修改润色后,才报送浙江省文化局。

育德精通乐理,熟谙丝弦。为了完善民乐队各个声部和各类乐器的配置,校文工团特地买来一把大三弦,交由育德弹奏保管。育德手捏橄榄核,弹得丝丝入扣,悦耳动听,当即成为乐队主力。当时越剧《三盖衣》只发行了唱片,尚未出版唱腔谱。我问育德能否帮我用简谱记录一下,他爽然答应:"可以呀!"于是在一段较短的日子里,分前后三次,育德听着我的吟唱，轻松而精确地记录下三段唱腔：《谯楼打罢二更鼓》《耳听得谯楼打三更》和《难进难退李秀英》。这为我在校戏曲队教唱越剧提供了高质量的书面教材。记得育德在记录第三段唱腔谱时，曾情不自禁地指指稿纸，赞叹道："哎！好听！行云流水！"当时我把这三段曲谱认真誊录到笔记本上，到今天，一转眼已珍藏了半个多世纪，我还将永久珍藏下去。

1961年大学毕业，育德的第一志愿是"浙江昆苏剧团编剧"，未能如愿。于是到大学和中学教书17年，由想"做自己爱做的事"，转而成为"爱做自己做的事"，兢兢业业，成绩斐然。1978年，40周岁的育德考入中国艺术研究院，专门从事中国戏曲的研究和教学，开始"做自己爱做的事"，实现了个人爱好和职业需求浑然一体的美好梦想。30余年来，育德的教学和行政工作都很出色，同时笔耕不辍，著作等身，还为编审《中国戏曲志》而足迹遍布祖国各地，朋友满天下。

育德经常出差上海，每次在沪耽几天，无论多忙，他总千方百计抽出一点时间，约我和另一位同班好友钱苗灿叙旧。有几次实在挤不出时间，他干脆辞掉沪上艺术团体和艺术教育单位的宴请，硬挤空隙，约我和苗灿上小馆子小酌小叙。本月上旬，育德来沪为上海昆剧团颁奖，行程较紧，仍不忘在返京前几小时携夫人匆匆赶到我家："老王啊！我一定要亲眼看一看你身体恢复得怎么样，这才放心呢！"坐了半小时许，我送他俩到车站，他见我行走较轻松，高兴地说："老王，你脑梗三年多了。这种病一般很难恢复。你恢复得这么好，很不容易，说明你坚持锻炼，坚持游泳，非常有效！"

我和育德，求学时是"西子湖畔两戏迷"。但真正的"戏迷"不是我，而是他。他如今"有志者，事竟成"了，可喜可贺啊！而对于戏曲，我与育德略有不同。我只是个戏曲的欣赏者，并没想过把戏曲当作职业。我对戏曲的爱好面也很窄，最爱越剧，可算是个"越剧迷"，兼爱沪剧和滑稽戏，都是我们的家乡戏。其他戏曲剧种，似乎都很难引起我的兴趣。我大学毕业的第一志愿是"服从统一分配"，第二志愿是"中学语文教师"，第三志愿是"越剧团编导"。而"中学语文教师"，实质上是我的第一志愿。这个志愿后来顺利地实现了，我也把它看成是"有志者，事竟成"。

育德曾陆续送我一批他写的书，我很惭愧，未能细读，原因是工作忙，家务重。如今，我清闲了。倘精力尚可，我将认真读他几本，并写一点读书笔记之类，作为给老友最终的报答。

2010 年 6 月 16 日

《浙江戏剧名家》采访纪略

　　2015年11月中旬，我接到一位女同志从杭州打来的电话："你是王云兴老师吗？""我是的。你是哪一位？""我是浙江省文化艺术研究院的，我们要拍一套系列电视纪录片《浙江戏剧名家》，共有三部，每部10集，每集介绍一位名家。我们想请你讲评一下第二部里的张茵和屠笑飞两位浙江越剧名家，你看行吗？""你们怎么会找到我的？""是原中国戏曲学院院长周育德同志把你郑重推荐给我们，他说你对越剧非常熟悉，很有研究，讲评越剧名家，你是最合适的人选。""不敢当！不敢当！周育德同志是我的杭州大学老同学，他对我的信托，我决不辜负，自当勉力为之！请问，我怎么称呼你？""我叫郑立凤，是《浙江戏剧名家》系列电视纪录片摄制组的编导。王老师，你叫我小郑好了。"

　　凡事预则立，不预则废。我要求给我两星期准备，并要求先看看他们写的材料。郑立凤同志说"好的"，她很快给我寄来了两份张茵和屠笑飞的"拍摄文本"。我也寄了几份我写的资料给她，她阅后来电："王老师，我看了你在嵊州越剧艺术学校作《一个老越剧迷的心声》讲座的录音记录稿，觉得你那么热爱越剧，对越剧那么有研究，你太厉害了！太厉害了！"

11月28日，郑立凤同志和《浙江戏剧名家》摄制组另4位同志一起，开着专车，带着摄录器材来上海采访，在我家附近东信港大酒店205包房，花了1个多小时，同步完成了摄像和录音任务。关机后，郑立凤同志说："王老师讲得真好！要是你没看过那么多戏，不可能讲得这么好！"确实，数十年来，我在沪杭两地，几乎有越剧必看，其中不少剧目看过不知多少遍，百看不厌。我这次讲的要点是：

张茵（1927—2005）：7岁进嵊县"小高升舞台"科班习艺，是筱丹桂的师妹，袁雪芬的二肩花旦，1950年在上海随袁雪芬加入国营华东越剧实验剧团。当时浙江越剧萧条，缺少名演员，先请回闲居苏州的"越剧皇后"姚水娟反串小生，再向上海要一位较好的花旦，张茵奉调到浙江越剧实验剧团，与姚水娟合演《梁红玉》，一炮打响，为浙江越剧振兴打开了局面。张茵的代表作是《孔雀东南飞》和《西厢记》。20世纪60年代初，张茵和陈佩卿在杭演《孔雀东南飞》，范瑞娟和傅全香曾赴杭观摩学习，我在新中国剧院观看此剧时，在剧场里遇到过范、傅二位。张茵和陈佩卿合唱的《孔雀东南飞》插曲《惜别离》，激越动情，感人至深，令人难忘。张茵演《西厢记》似较逊色，我的大学古汉语老师蒋礼鸿教授在课堂上为"不亚于"一语举证时，有"高佩的红娘不亚于张茵的莺莺"之例句。高佩是当年浙江新培养的优秀青年演员。（在讲评中，我学唱了几句浙江越剧《孔雀东南飞·惜别离》和《白蛇传·西湖山水还依旧》，摄制组同志都说"唱得很好"。）

屠笑飞（1928—2012）：新中国成立初期调往浙江的上海越剧演员很多，绝大部分是二流水平。只有两位是一流、顶级。一位是姚水娟，一位是屠笑飞。新中国成立后，屠笑飞最早到浙江，并动员、带领一批上海越剧演员如陈佩卿、金宝花、薛莺（小傅全香）、王爱勤、钱鑫培、裘大官等一起赴浙，后来这批演员大多成了浙江越剧的骨干。大明星姚水娟，也由屠笑飞亲自从姑苏迎回杭城。屠笑飞技艺出众，唱做超群，曾以《盘夫索夫》中的赵文华和《孔雀东南飞》中的焦母，荣获浙江省一、二两届戏曲会演两个一等奖。屠笑飞是中国越剧史上的"三大名丑"之一。男班的马阿顺，是"越丑鼻祖"；丹桂剧团的贾灵凤，是"越剧丑王"；浙越的屠笑飞，是"越剧名丑"。马阿顺和贾灵凤皆英年早逝。数十年来，屠笑飞在丑行中独步越坛，无人可与比肩。

午餐后，郑立凤同志和摄制组赶往市区拍摄石库门镜头，不知是否用作采访我这个上海老人的背景材料。握别时，我把我写的两张"讲评提纲"和我校勘的两份"拍摄文本"交给郑立凤同志："小郑，这些请你带回杭州，后期制作可做参考。你们做好了光盘，请寄我两张。""好的好的，我们一定会寄给你！"

一个多月后，2016年1月4日，北京周育德来沪出席一个有关汤显祖的学术会议。他下午一下飞机，就和上海钱苗灿一起冒雨赶到我家，在我家欢聚，畅叙了三四个小时。周："在谈到对老演员张茵和屠笑飞的讲评时，我向《浙江戏剧名家》摄制组推荐了老王，我说老王如果愿意出手，他一定能讲评得很出色。——哎，老王，怎么样，他们来过了吗？"我："11月28日来过了，他们很满意。"钱："很满意，那是肯定的。老王对越剧的熟悉程度和钻研深度，在业余越剧爱好者中间，可以说是没有的！"

我们还谈了其他一些问题。例如——周："我和老钱同庚，都78岁。老王82岁，比我们大4岁。我们两个都掉了几颗牙，嘴巴都瘪下去了，面孔都变了形；老王却牙齿完整，面型依旧，这是什么原因呀？"钱："请老王介绍经验！"我："上海音乐学院周小燕教授将近100岁了，她认为经常唱歌不仅有利于呼吸腔体和发声功能的保健，还能延缓面部的衰老。我每天唱1小时越剧，看来大有益处啊！"周、钱异口同声："哦……"

2016年1月26日

这个越迷不简单

嵊州艺校网讯

2013年5月23日下午，嵊州越剧艺术学校报告厅里时而越音袅袅，时而妙语连珠，来自上海的越剧迷王云兴在这里与我校2010级学生分享了他与越剧的渊源及对越剧的认识。

"他热爱越剧的程度超过你们学校的小朋友。"王老师的大学同窗这样形容他对越剧的痴迷。今年80高龄的他，每天晨起，亮开嗓子，唱上个把小时，雷打不动。早年，他在杭州大学中文系求学时，就担任了校越剧队的鼓板兼唱腔设计。毕业后在杭州师范学校工作期间，他兼任了校越剧队的指导老师。后来，他被调到上海宝山区教师进修学院。在上海这块肥沃的越剧土壤里，他对越剧的追求越发孜孜不倦。退休以后，他录制过一张《学唱越剧名段十八首》碟片，还出过一本《王云兴文集》。"嵊州是我的第二故乡。"这次有幸踏上这块热土，他感慨万千，尤其来到我校，他开玩笑说："如果我还年轻，马上写申请报告，调到艺校来当语文教师。"

交流结束后，学生们对王老师的执着追求啧啧赞叹，同时也愧疚地表示业余的戏迷这样爱越剧，作为专业的学生以后要倍加珍惜在校的大好时光。

王云兴老师讲得很投入

学生们正在聚精会神地听讲

一个老越剧迷的心声
在嵊州越剧艺术学校的讲稿

同学们：

我是个老越剧迷，迷上越剧已有62年。1951年，我18岁，和同学们现在年龄差不多，也是个花季少年。那时，我是上海一名青年工人。我从广播喇叭里听到戚雅仙同志唱《婚姻曲》，那真是"雅歌满江南，仙声传天下"，我一下子就被迷住了，而且很快就学会了此曲唱腔，倒背如流。大家都说我学得很像，唱得很好。现在我学唱几句给大家听听："红太阳当空照，五星红旗迎风飘"；"从前是父母之命不可违，媒妁之言毒如刀，门当户对像买卖，葬送男女多多少"；"现在是父母之命不足道，媒妁之言已取消，青年男女两相爱，美满的婚姻乐陶陶啊"。

后来，我就一直看越剧，唱越剧。看得最多的越剧院团，是袁雪芬的上海越剧院、尹桂芳的芳华越剧团、戚雅仙的合作越剧团，还有浙江越剧一团、浙江越剧二团。嵊县越剧团，我只看过一次。那是53年前，1960年初冬，在我读杭州大学中文系四年级的上学期，我坐在嵊县剧院楼上第一排，看了一场现代越剧《斗诗亭》，那是从浙江越剧二团学来的。我记得演得比较粗糙，不是很熟练。究其原因，我认为除了女扮男在现代戏中显得别扭外，一个县级剧团，天天要换戏，也不可能精雕细刻。听说现在嵊州地区有100多个民营职业越剧团，一年到头有演出，有的剧团一年要演600多场。还听说长三角地区的越剧观众，一年有一亿多人次。越剧还是这么受欢迎，实在令我高兴！

越剧发源于嵊州，发祥于上海。越剧各流派的创始人，都集中在上海。长期以来，上海一直代表着越剧的最高水平。过去，浙江也向上海学习，比如从浙江越剧二团著名花旦王媛在现代小戏《风雪摆渡》的唱腔中，我就发现了上海金采风唱腔的痕迹：（金）"曾记得我爹爹做大寿"（王）"不能怪我太急躁"；（金）"还是我爹娘错配婚，还是我秀英命不好"（王）"风啊风，我也是害怕过河西"。这里引用金采风的几句唱腔，均来自《碧玉簪·三盖衣》。那时浙江好像只学范瑞娟、傅全香的唱腔，其他流派唱腔学得很少，甚至根本不学。直到20世纪80年代初，浙江才通过"小百花"的方式，全面学习上海的越剧流派，全面提升浙江越剧的质量。杭州越剧院和绍兴小百花的奇峰突起，是浙江越剧走向辉煌的标志。

越剧的发展，离不开100多年的越剧史，离不开70年越剧改革中所形成的各个流派。我们是站在巨人的肩膀上向前进。我们一定要在传承的基础上加以发展。死搬流派，忘了创新，就会停滞不前。但是，如果原靠学习流派起家，自己还没把流派学到手，就一味求新求怪，并忙着嘲讽别人"展示流派"，则同样站不住脚。

30多年来，越剧流派传承取得很大成绩。袁派传人方亚芬、陶琪、华怡青、陈慧迪；范派传人吴凤花、章瑞红、王柔桑；傅派传人陈飞、盛舒扬、陈湜；徐派传人钱惠丽、郑国凤、杨婷娜；戚派传人金静、王杭娟；王派传人单仰萍、王志萍、李敏；陆派传人许杰、徐标新、张宇峰；金派传人谢群英、黄美菊、樊婷婷；吕派传人张咏梅、吴素英、唐晓羚……真是群星璀璨。尹桂芳流派影响最广，学习者最多，但也最容易学走样。记得1983年上海越剧名家为嵊县越剧之家义演时，一位县文化局的年轻干部在大型座谈会上提问:"袁雪芬同志,为什么越剧男演员唱起来像牛叫?"袁雪芬避而不答。现在我放一段上海沈某某在《溜冰场上》的唱腔给大家听听:"看她俗,出口不凡又不俗;看她雅,浓妆艳抹也不雅。就像是隔层迷雾看山色,约会人不知像不像她?"这位演员后来出国回来,自掏腰包,邀单仰萍合拍了一部叫《秦淮》的越剧电视连续剧,他的唱法毫无长进,依然像牛叫。那么,"越剧王子"又怎么样呢?他开始唱得较好,后来过分求刚求异,喉音过重,胸腔共鸣不够,就唱得不太好,牛叫声也出来了。现在我放一段他在《家》中的唱腔给大家听听:"知我者是你梅,信我者也。梅林是我俩青梅竹马萌情处,梅林是恋之证爱之媒啊。"当然,牛叫的不光男演员,女演员也有牛叫,这儿暂不举例。

  北京青年越剧艺术团团长黄瑢说福建王君安唱的是"原生态"尹派。我认为还有一位上海的王清,唱的也是"原生态"尹派。所谓"原生态",就是原汁原味地学习老一辈创立的越剧演唱风格——优美、抒情、自然、大方、不做作。

  我建议艺校加强声乐教学,让大家都来追求"乐音",杜绝"噪音"即"羊声"或"牛叫"。有一位傅全香的学生胡佩娣,是上海戏校越剧班的老师。前几年,傅老师让胡老师帮助绍兴小百花的陈飞同志。陈飞因发声方法不对,一唱就哑。胡老师帮她改进了发声方法,后来陈飞越唱越好。胡老师说,陈飞可以像现在一样,一直唱到老。胡老师的说法,我同意。我有一篇《呼吸养生50年》的小文章,讲的是运气方法。我不主张把呼吸划分为"胸式呼吸"和"腹式呼吸"两种。我主张无论何时何地,呼吸都应胸腹并用。而"胸腔共鸣"则是另一个概念,它是鼻、口、胸三个发声共鸣区中最要紧的一个区。一般呼吸,都胸腹并用。在说话或歌唱的时候,我也只在呼气时才保持胸腔舒张,主要用腹腔送气,即所谓丹田之气。吸气时,仍胸腹并用。这篇短文送给同学们做参考,请大家批评指正。

我现在每天游泳半小时，唱戏一小时。早晨唱戏，下午游泳。我生活很幸福。我相信"台上一分钟，台下十年功"，也相信"拳不离手，曲不离口"。愿同学们健康成长，为越剧事业做出更大的贡献。

谢谢大家，再见！

2013 年 5 月 23 日

在嵊州越剧艺术学校的讲座录音
2013 年 5 月 23 日 15:25—16:35

  徐燕（嵊州越剧艺术学校教务处副主任）：各位同学，大家下午好！现在，我们相聚在美丽的校园，学习越剧这门艺术。各位同学在不久的将来，都将踏上越剧岗位。当同学们在台上演戏的时候，也得关注台下观众的想法，了解他们的心声。非常高兴地请到了上海宝山区教师进修学院高级语文教师王云兴老师，今天，他要给我们做一个题为《一个老越剧迷的心声》的讲座。王云兴老师 1961 年毕业于杭州大学中文系，今年已经八十高龄了。多年以来，王云兴老师一直热爱和关注越剧事业，对越剧有独到的见解。让我们以热烈的掌声欢迎王老师给我们做讲座！

  王云兴：同学们好！我是一个老越剧迷，最向往两个地方：嵊县，现在叫嵊州；还有一个就是上海。嵊县是越剧的摇篮，越剧的发源地，一直想来，五十三年前我到这里来编写越剧史，那时我是杭州大学四年级的学生，将要毕业了。五十三年后又到这里来，我非常高兴。我的老同学告诉我：这里校舍的水平，超过莫斯科大学。我不相信。昨天晚上不相信，今天看了之后，我相信了。莫斯科大学我没有去过，但我还是相信了。这就是推理，对吗？他们不可能造得这样好。所以同学们在这里学习很幸福。如果现在倒退五十年，我申请到这里来当越剧学校的语文老师。而且我说明：越剧学校的语文教师，我最合适。什么理由？没有理由你就瞎说了。我有理由的！我只要唱几句你就知道了。"哦！那你为什么不去唱越剧呢？"我喜欢唱越剧，但是当语文教师更好。这是第一个地方，我向往的。第二个地方，上海。上海是越剧的发祥地。直到今天为止，没有一个地方的越剧能超过上海。为什么呢？并不是上海人本领大。上海人海纳百川，当初袁雪芬同志像你们这样大的年龄——那时我比你们还小呢——就在上海唱红了嘛。除了袁雪芬，还有范瑞娟，还有傅全香，还有王文娟——林妹妹，对吗？她们自己就是越剧的迷，痴迷越剧的人。现在，袁雪芬同志逝世了。上海这个越剧的发祥地，我正好在那里工作。读大学，到了杭州大学，读好以后，也是在越剧的高峰的时候，我又看了许多越剧。越剧，靠嵊县的父老乡亲把自己的女孩子送到上海，发展得这样好。而且有的人是英雄啊，比如袁雪芬就是英雄，不是英雄，唱不到这么好。有的人说傅全香比她唱得好啊！我说好是好啊，傅全香也是100分，袁雪芬是100.05分，那就超过她一点点。并不是讲傅全香不好。还有一位，范瑞娟也是你们的前辈。这两位还活着。王文娟很健康。所以我最向往的是两个地方，嵊县和上海。我希望在嵊县住一段时间，最好到这里来教课。现在我不提这个申请，八十岁再到你们学校来教课，不好。如果我现在五十岁，我来一看你们学校，马上写申请，争取三个月之内调到你们这里来。对越剧的苗苗，我是非常爱护、非常崇敬的，这不用说。所以，我的老同学问我："你作为一个老越剧迷，有什么遗憾哪？"遗憾的就是不能当你们的老师了，今天来过过瘾。

我今天给大家讲几个问题，关于越剧的。我的老同学，因为他是同学，总是为我讲话，说我对越剧有独到的见解，只要听了我一次讲话，就能得到某些启发。这是讲好话，让他们去讲。我自己要努力做到，讲真心话。我讲6个问题。讲的过程中，我还要示唱，那就是我示范——讲笑话啊！年轻人唱戏，靠嗓子；中年人唱戏，靠技巧；老年人唱戏，靠韵味。老年人假使唱得好，他的韵味要超过年轻人，超过中年人。我的意思是，你们将来一出来，这三个都有：嗓子又好，技巧又好，韵味又好。这样的人有没有呢？袁雪芬就是一个，范瑞娟也是一个，还有一个张桂凤同志，她不是你们嵊县的，她是萧山人——萧山人也是浙江人。她们的韵味可足了。我说："我看她们的戏，觉得有一股仙气。真奇怪，我看了之后，汗毛也竖起来了。"后来有人说："你不要以为她们是仙人，她们剧场里打的是檀香的香水。"那时候檀香香水很好闻，一闻就真的像神仙下凡一样。我讲6个问题。有时候我要唱的。献丑了！

第一个问题：当初的越剧，嵊县唱的是落地唱书调，还有什么调，我没听到过，我只是在音像资料里面听到、看到一点。我觉得它乡土气息是很浓的，要学；但是并不高雅。现代越剧，在我的脑子里，也是高雅艺术。这个高雅体现在什么地方呢？不是落地唱书调，也不是令哦调。到后来，袁雪芬同志，还有一批越剧演员，大家一起改革越剧，作曲家，还有琴师——作曲家和琴师很高明的，他们帮你修饰修饰，怎么唱，你自己决定，他们帮你改动几个地方，小地方改一改，你就变得好听了。这个水平，不在嵊县，也不在浙江。在上海，非常集中，同学们晓得的，大概有13个流派吧，都出在上海。所以，上海的越剧，一直到今天为止，谁学上海袁雪芬她们的流派，谁就成功，老百姓看到就鼓掌；每当听到怪声怪气、一味求新求怪的唱腔，大家就会说："这个顶难听了。难听到什么程度呢？难听到像唱歌！"唱歌其实也是很好听的。他的意思是一般人学唱歌，刚拿到歌谱，下面这个音还唱不准，他是指这种唱歌。唱歌其实也是很好的。我们越剧也是唱歌，就是加上了一些越剧的韵味。你们嵊县人讲出来的话，有一种特殊的韵味，杭州人不能代替，上海人也不能代替。这种韵味,在上海产生了很优美,很抒情,很大方,很自然的新的越剧唱腔。浙江呢,占全国第二位。上海是最高的一个台阶,浙江在第二个台阶,到现在还是这样。浙江有人学上海,学了就成功。我今年八十岁,同学们听听很老了,实际上我也是小弟弟。袁雪芬到上海的时候,我不懂的啊,她在演出,我没去看。我有工资买票,可以去看,但我没看,我不懂啊。

后来在浙江看越剧的时候,我已积累了许多越剧唱腔。浙江有一个王媛,我写一写,板书也要板书的。浙江越剧二团有个演员叫王媛,花旦,她今年大概也八十岁了,可能还健在。她演的戏很好,一个《罗汉钱》,学上海的沪剧,她唱得很好,我不大会唱,当初会唱,忘记了。还有一个戏叫《风雪摆渡》。《罗汉钱》我不写了,《风雪摆渡》我写一写。这个戏真好得不得了,同那个《楼台会》一样好看。是什么戏呢?是一个小姑娘,冒着风雪,撑着伞,背着书包,估计同你们现在差不多大,农村里厢,地上非常滑。她的哥哥生病了,说:"妹妹,你给我去代课代一下,民校。"这个民校,不是民办学校,当初是农民夜校。她去代课,出场唱得非常好。这一段我全部会唱,倒背如流。她学上海的,学得很明显。后来我讲给大家听,我还通过一个同学去问"你是不是?"她说"是的,我们全面地学习上海。"上海唱古代戏的调子,现代也好用。我唱几句给大家听听。王老师出洋相啦,请大家批评指正。

譬如说金采风是宁波人,上海宁波人,在上海长大的宁波人。爸爸妈妈是宁波人,她出生在上海,有点宁波口音。伊是袁雪芬的得意门生。有一个电影叫《碧玉簪》,是她拍的,里面有一些唱腔,不要太好啊!现代戏去学她的唱腔。譬如金采风在《碧玉簪》里面唱:"曾记得我爹爹做大寿",这一句我当初唱的时候,人家的灵魂都被我吸收掉了。现在只有韵味了,嗓子没有了。好,下面王媛学了,她学金采风了:"不能怪我心急躁",一样的,正好,这"心急"后面是个中音"sol",前面是低音

"la"，"la——sol"，跳度老高，是学金采风的，我马上听出来了。我的同学说："老王怎么这样厉害啊？我们听不出，你怎么听出来啦？"我有个同学，是王媛的高中同学，后来去问王媛，王媛说王老师说得对，"我是学金采风的。"这就是学上海的一个例子。上海人唱起来优美，有力，很容易表现人物的性格。当然，这些人大部分都是嵊县的，请嵊县的同志不要对上海人有意见。金采风是嵊县人教出来的，袁雪芬是嵊县人，教了之后，比袁雪芬唱得还要好。这是一句。

第二句我来唱一唱，这是《碧玉簪》里一个少女埋怨不好的命运："还是我爹娘错配婚，还是我秀英命不好？"眼泪滴答。当然，"眼泪滴答"我是夸张的。眼泪含在眼眶里。王媛同志在《风雪摆渡》里学伊后面一句，你们看学得像不像。她说："你们怪我太急躁，专门骂小姑娘，不是这样的事体啊！"这与《碧玉簪》里的少女责备"爹爹妈妈不要说我不听话，说我怎么不好"一模一样。不要说你这个小姑娘，农村里的农民，怎么唱起来和古代小姐一样？不搭界。因为小姐也吃饭，农村的姑娘也吃饭，一样的，人性自有相通的地方。结果她学了，学得不要太像啊，我来学一下："风啊风，我也是害怕过河西！"

我像你们一样大的年龄，花季少年的时候，我就喜欢越剧了。1951年，我们上海有一位著名的越剧演员、袁雪芬的学生戚雅仙，这大概是一个人的偏爱：王老师最喜欢戚雅仙，到现在为止，越剧演员第一名就是戚雅仙，第二名是袁雪芬，第三名是尹桂芳，是这样的。戚雅仙唱得很好。我本来不大喜欢越剧，我喜欢锡剧，这是我们江苏苏南的戏，但是我学不会，看是看的。后来看也不看了，专门看越剧了。上海越剧团很多的，当初有好几十个。戚雅仙的《婚姻曲》在广播里播了几次之后，大概我是拿到它的唱词的，我马上唱会，背出来。现在我唱几句给你们听听。它打下了深深的烙印。我六十二年来，一直喜欢越剧，后来又喜欢金采风等人，多呢，我都喜欢的。当然，有两个我不大喜欢，我不讲名字了。我不喜欢不等于她们不好，对吗？好，戚雅仙的唱给你们听听，当初我顶早听到最好的越剧就是她："红太阳，当空啊照，五星红旗迎风飘"，下面还有，不唱了。再讲从前怎么样，婚姻法，现在怎么样，再唱几句："从前是，父母之命不可违，媒妁之言毒如刀，门当户对像买卖，葬送男女多多少，从来男子地位高"，停脱。那么现在怎么样呢？现在伊又要唱了，也是伊唱的："现在是，父母之命不足道，媒妁之言已取消，青年男女两相爱，美满的婚姻乐陶陶啊"。伊格嗓子太好了。伊也是浙江人，爸爸妈妈是余姚的，伊出生在上海。所以唱得最好的基本上都是浙江人，大部分都是嵊县人。这是戚雅仙，以后我一直喜欢她。

第二个问题：浙江的小百花运动。浙江是学上海的。到了20世纪80年代，浙江有一个活动，那时同学们还没有生下来，我是经历过的。这个活动就是"小百花运动"，在全省组织小百花越剧团，全面学习上海的流派唱腔，一个一个去学。

戚雅仙呢？浙江人本来顶不欢喜戚雅仙，不是因为她生长在上海，而是因为戚派唱腔哭哭啼啼，浙江人不欢喜，只有上海人欢喜。到了小百花的时候，浙江也学戚派了。第一个学戚派的是浙江小百花《五女拜寿》里面的有一个女儿——第几个女儿，我没有查，这就是王老师讲课的薄弱环节。应该查一查，再看看那个戏，叫什么名字。她唱戚派，第一趟听到浙江唱戚派。这个戚派，唱得并不好，不像的，不及我刚才唱得好。王老师很骄傲啊？实事求是嘛。戚派唱得好的有两个人：一个是上海的金静，戚雅仙的嫡传弟子；还有一个在杭州，叫王杭娟。她们唱起来都是戚派的味道。第三个就是王老师了。的确有人这样讲我："你唱戚派，比戚雅仙还要戚雅仙！"这是触我霉头（调侃我）。

小百花运动把第二流的越剧、浙江的越剧提升到同上海一样。小百花越剧团成就最高的，是绍兴小百花，有三个同志，一个叫吴凤花，一个叫陈飞，还有一个叫吴素英，这三个同志学的流派不要太像啊。学得越像越成功，她们成功了，她们到哪里演戏都是很受欢迎的。吴凤花同志演得非常好，她是支部书记，又是主要演员，她面孔上化妆得——同学们不会这样的——化妆得里面一粒一粒黑的东西长出来了。不是每个人这样的。化妆大概也是有办法保护的。有几位越剧演员我看到过，她们的脸也是生得很粉嫩的。吴凤花就是唱得这样好，老老实实地好。所以这个阶段把浙江的越剧拉到一定的水平，把最高的水平从上海延伸到杭州，延伸到绍兴。杭州本来已经很厉害了，再来一个郑国凤。郑国凤是诸暨人，唱得好得不得了，嗓子又好，技巧又好，我唱不到她这样好。她上来叫一声"林妹妹"，没人敢讲闲话——不想讲，"哦，这么好听啊！"对她肃然起敬。她到了杭州越剧院。同学们要注意的，我供你们参考：杭州越剧院为什么不叫杭州小百花呢？他们可能有不同的看法。那么，现在的小百花为什么不改为老百花呢？根据茅威涛同志的意见，她要传给新的小百花。我希望同学们将来无论去当小百花也好，老百花也好，永远要唱得好，永远要加强唱功的训练。

　　有人说戏曲一分唱功，九分说白。就是说，说白更加难。这个讲法当然也是可以的，为了强调"说白"这个东西，唱功嘛……我的看法：戏曲演员，99.9%唱功，其他就是念、做、打。同学们，如果我嗓子不好，念、做、打也可以学得同你们一样好。你们这个手伸出去，我也行；你们这个脚踢起来，踢到后面，我也学得会。我现在都可以学，不过我学好以后，可能就送火葬场了。送火葬场我也愿意啊！我就是想说明：唱功绝对是代表她的流派的。活着的时候是这样，逝世以后也这样：我们尊重袁雪芬同志，因为她唱得好啊！她的嗓子不大好，不及戚雅仙，不及金采风，不及吕瑞英，也不及方亚芬。可是后面几个同志虽然都好，但都不能超过袁雪芬。

　　小百花拉近了浙江越剧和上海越剧的距离，这是好事情。

第三个问题：今天的越剧改革，不能什么都推倒重来。有人说，昆曲、京剧，那是不能动的，因为它们是故宫；越剧、黄梅戏等地方戏曲剧种，都是应该动的，因为它们是北京的四合院，拆掉重来好了，随便怎么弄好了。我认为这个讲法不对。黄梅戏怎么样，其他戏怎么样，你去推倒，我不管，因为同我痛痒不相关。越剧，我仔细想想，你这个话站不住脚。越剧同昆曲、京剧的地位，可以说是接近的，不是相差一个台阶，而是相差一张纸头也不到，这张纸头是什么呢？就是世界文化遗产，可能还没申报成功。因为昆曲、京剧都申报世界文化遗产成功了，所以不能动了。你现在动我，因为我不是世界文化遗产，你来动好了。所以茅威涛唱起来念三字经一样，我不大同意！

我大胆讲一讲，我认为在原有的基础上，要踏着巨人的肩膀向前进。这句话不是我讲的，是著名的思想家谁讲的，我不知道，我三位在场的老同学知道，我不问你们了，对不起，反正这句话是对的。我们的发展并不是凭空的，并不是一只狗变成一个人了，不是这样的。我们是有师傅的。师傅是谁？袁雪芬就是一个，学花旦的踏在她的肩膀上，不好忘记她的。小生啥人？尹桂芳，还有徐玉兰她们，范瑞娟。老生呢？张桂凤，徐天红。要踏着她们的肩膀上去。只要有了肩膀，它也就是一座故宫。昆曲是北京的故宫，我们越剧至少是浙江的故宫。浙江故宫在哪里？我知道在杭州，也不能动！为什么？可能我有点"蛮不讲理"。噢，你这些流派把它们踢开，说的是什么？"我演戏要演人物的。我作为女演员演小生，我在观察角色的时候，我从女人的角度去看男人，所以演起来很好很好的。"昏话！胡说八道！女演员演男的，只要扮得像，唱得像，做得像，就可以了，什么"女人的角度"？今朝叫伊重新来演女的，伊又这样讲了："很难的！我演惯小生了，我虽然是个女的，叫我再去演女的，我简直动不过来，我的手不晓得怎么放法！"伊还要做样子呢。

你这样讲可耻！理论是这样创造的？一会儿这样，一会儿那样。不是这样的。范瑞娟，小生，演得太好了，她也去演花旦，一句也不讲我演了小生不能演花旦。还有徐玉兰，演小生演得非常好，她也演花旦——老旦嘛，她在《忠魂曲》里面唱"我给霞姑送来千家饭"，唱的是《宝玉哭灵》的调头，但是很好，真像一个老太婆。徐玉兰没有说"我演的是男人，再演女人就难了！"她没有说。如果都这么说，那真烦也烦杀脱了！譬如说"我为啥好？我为啥是高级演员？因为我是女人！"譬如说"我王老师为啥好？因为我姓王！"这样讲有什么说服力？没有逻辑性！

第四个问题：越剧近期处于低谷，但在越剧故乡，依然受到热烈欢迎。杭州、绍兴、宁波现有大量民间职业越剧团，光嵊州就有100多个，每个团一年连续日夜上演多达600场上下；杭、绍、甬三地的越剧观众，全年高达1亿多人次。上海人热爱越剧的程度，也不低于浙江。越剧的生命，植根于人民大众，植根于人心。（这一段，讲课时漏讲了，现将提纲补叙于此。）

第五个问题：我讲一讲男女合演。我看了一看，台下坐着的，好像都是女同学。我也没有调查，没有向领导了解，你们有没有招男生。男女合演也是袁雪芬同志提倡的，也是王老师来证明的。我在杭州大学——今天在座的我的几位师兄，他们毕业了，比我高一届——我和诸暨一位老同学，都是男的，我不演，我作曲、敲鼓板。在杭州大学越剧团，我们两个人挂帅。诸暨老同学说："说我们两个挂帅是不错的，但真正挂帅的只有你一个，都是你的呀！"因为所有男声唱腔，都是我写的。我觉得很好。女的呢？不行。"王云兴，帮我写一段优美的唱腔！"噢，我说我来写。写好后，她一唱，说："怎么介优美啦？优美得不得了！"实际上我是从金采风那里偷来的，稍微改动了一下。当时我拼命地唱，戆头戆脑，夜里作曲写到12点半，第二天外语背不出来了。有过这个事情。所以男的也是很行的。梅花奖有20个人，至少应该10个是男的。现在没有的，现在就是点缀点缀。上海举行大型演唱会，出来一个人：赵志刚。赵志刚走了怎么样呢？他的徒弟出来，叫齐春雷，也只有一个人。一共20个人，19个女的，一个男的，这种点缀，我看干脆不要点缀。

女子越剧，是全国所有地方剧种中唯一保留全部由女演员来担纲的一个剧种，很宝贵，少得很。但是你们的祖师爷都是男的，和王老师是一样的。越剧男班的时间很长，将近20年哪！我男班名字现在叫不出来，我知识缺乏。后来，1917年到了上海之后，男班吃不开，1923年就在施家岙办了第一个女班，一大批女演员就出来了，袁雪芬她们都出来了，这就出现了女子越剧。新中国成立以后，就培养越剧男演员，实行女子越剧和男女合演两条腿走路。我写过两篇论越剧男女合演的文章，已经交给你们校长，有必要的话，复印几份贴出来给同学们看看。

我崇拜的两个地方的男演员，一个，上海越剧院的史济华，他在电影《祥林嫂》里演贺老六。我这次带来一个我的晚辈，他也会唱两句。我们明晚到广场里去唱，你们可以去听，不听也不要紧。史济华，我佩服他，他唱得很好。他唱范派，同范老师一样好，嗓子嘹亮得不得了。据说，他能够同女演员唱同一个调子。调子是不一样的，比如我同你们唱《风雪摆渡》，我唱老头，你们唱小姑娘，我唱的调子是C调或D调，你们唱的调子是G调，要相差三四个音。史济华可以：侬袁雪芬唱G调，伊也唱G调，而且是同一个腔调，都是"尺调腔"。但我没有听到过。他所有的材料在我手里，我听了一听，他还是转调的。

第二个地方，你们浙江曾经有过一个剧团，叫浙江越剧二团，里面不是一个演员好，有一大批演员好。在给你们校长的那篇文章《浙越二团的男声唱腔》里，我都点出来了。他们有的人还健在，前几年还担任浙江越剧团团长。譬如有一个演员叫何贤芬，他就是在《风雪摆渡》里演小伙子的；吴兆千，唱的老生；王媛，唱的花旦。三个人唱一台戏。这台戏比《楼台会》好看，比《盘夫》也好看。我看得真呆掉了，演得这样好。在北京，这个戏受到了高度的赞扬。现在这个戏的伴奏带，我到浙江来找不到。我只有一段自制的《鹅毛大雪满天飞》的伴奏带，小生、花旦对唱的那段《大姐年纪十七八》的伴奏带，我找不到。小伙子的唱腔，我只记得几句，也不大准，我来唱一唱。女孩子怎么唱，我不管了，他要回答她了："大姐年纪十七八，有点文化就自大，待等明年荷花开，不接你过河来尝西瓜！"伊唱得比我高一调，伊好听。这段对唱我找不到伴奏带，后来又想：是不是请你们越剧艺术学校乐队帮我来伴奏一下，我再去找一个老搭档，她唱花旦，我来唱何贤芬演的小伙子。小伙子名叫三小子。我很怀念这个戏。至于他们演的好多戏，《五姑娘》《斗诗亭》《赵氏孤儿》《智取威虎山》等一大批，我认为都是演得很好的。他们的越剧改革，他们的水平，当初浙江只有他们冒出来，和上海一样高。他们的男女合演超过上海，人才辈出。这些同志大部分都健在。有一位小生叫田成效，他唱得很有韵味，简直同尹桂芳唱得差不多，我们很喜欢听。所以，男女合演有着很光辉的过去。

对于越剧男女合演，现在有人说："这是一个政治任务，现在政治任务没有了，我们只要女孩子了。"女孩子们，请你们头脑要清醒，因为从声乐的角度上来讲，总体上男声比女声好听，男声的音质超过女声，这可能是因为他们的低音部分比较和谐。当然，并不是说女高音不好听，不是这样，要配合起来，至少一半对一半。现在19比1，是不对的。我这样讲，同学们如果同意，至少在有机会的时候，你们也可以提提意见。"我们的越剧，就是女人的天下！"不能这样讲。当然，唱越剧，像我这样也好的。我没去唱越剧。我一生一世学唱越剧，今年八十岁了，同学们，我每天唱一个钟点，刚刚听听还有点韵味，为什么？不是我特别高明，我是练出来的。拳不离手，曲不离口。

我呼吁：事实上男声也是很好听的，演得也是很好的，其他的戏里面都是一样的，譬如说上海的沪剧，男演员、女演员一样好。当然有一个麻烦：一道演戏，戏能生情怎么办呢？上海好多都是夫妻档。这个事情另外去解决。不是夫妻档也是有的，一个男的，一个女的，并不是夫妻，照样很好，一生一世演过去，也有的。这个不是问题啊。那么男女授受不亲，王老师坐在这里讲课也是错的了？我是男的，下面是女孩子，不可以坐在一个教室里，过去是有过这个事情，我们越剧到了今天，难道还要考虑这个问题吗？这是我的想法，不是要求你们"噢！我不唱了，我去叫我阿哥来唱！"不是这样的！

第六个问题：这个问题很重要。我只有听到嵊县的同志这样讲。那是三十年前，1983 年，为了建造越剧艺校，上海所有名演员都到你们嵊县来义演，捐款造艺校，那时叫"越剧之家"，是你们学校的前身。我其他都不讲，只讲两点。

一个，讲讲笑话。徐玉兰在大会发言的时候说："同志们，我不是你们嵊县人，我是富阳新登人。但是，我是你们嵊县的女婿。因为王文娟是我的老搭档，王文娟是嵊县人，我是伊老公，我也是嵊县人了！"结果演出《春香传》，她跑出来。我要做一做了，王老师做给你们看。出场的时候，她已经做了官了——有一个问题，我顺便回答大家：我唱得这么好，为啥不去唱越剧？个子太高，比你们要高一个多头。假使矮半个头，我老早去唱越剧了。现在我也可以当艺校的教师，不要紧，我因为读中文系，很好，同你们一样是高雅艺术——徐玉兰出来了，喊一声，特别响，大概平时也很响。她一跑出来，"岳母！"下面不得了啊，你们嵊县人，就是你们的父辈和祖辈啊，热烈鼓掌，笑起来，前仰后合。徐玉兰很有才能，她一声"岳母"叫得好。这个时候同学们还没有出生，已经三十年了。

第二件事情,你们有个干部可能还没退休。他是一位县文化局的年轻干部,当时也许最多三十岁,那么他现在已到了退休的年龄;也许二十几岁,那他现在还没退休。这个干部胆子很大,所有的越剧演员,袁雪芬、范瑞娟、傅全香、戚雅仙、尹桂芳、张桂凤、吴小楼,都在,座谈会的会场至少像这里这样大。伊立起来,话筒给给伊:"袁雪芬同志,我向你请教一个问题。"袁雪芬说:"好的。"袁雪芬很谦虚。"我问你一个问题:越剧男演员除了贺老六之外,其他为啥唱起来都像牛叫?""牛叫",同学们,我简单解释一下,你们晓得的,学声乐。"牛叫"就是共鸣用得不对。简单讲来,共鸣应该是鼻腔共鸣、口腔共鸣、胸腔共鸣,我认为胸腔共鸣特别重要。王老师之所以今天可以在这里讲一个钟点的课,就是靠胸腔共鸣的。我刚才唱戏唱给你们听的时候,我这里(用手指胸部)就拉开来了,像手风琴风箱拉开来一样。所谓"牛叫",伊三只共鸣箱不用,用什么地方呢?用喉咙里的共鸣。喉咙里的共鸣是不可以的,错误的。那么伊怎么唱呢?"同志啊们……"这就是"牛叫"。这里我唱得太夸张了,但收敛一点,仍旧有牛叫声。袁雪芬同志怎么样呢?避而不答。袁雪芬是有深度的,我没有办法猜想。我有一篇论越剧男女合演的文章《从"牛叫"说起》,对这一过程写得比较详细,同学们如有兴趣,可以看一看。

关于"牛叫"的问题,他只指男演员——"牛叫"的男演员唱得是难听的——女演员他没有指。据我知道,实事求是地讲,男、女都可以唱成"牛叫",不过男的叫"牛叫",女的叫"羊叫",也行。无论"牛叫""羊叫",都等于"噪音",不是"乐音"。"乐音"是好的。同学们,我现在讲课的时候,我的讲话、唱戏,基本上是"乐音",大概有百分之一到千分之一是"噪音",因为我发声方法还没彻底过关,我考试只好得99.9分——开开玩笑。

我这次没有东西带来送给大家,只有一件东西带来了:我写了一篇文章，叫《呼吸养生50年》，练习呼吸，保养身体，50年的经验。腹式呼吸，胸式呼吸，我是不分的，因为美术电影《猪八戒吃西瓜》，猪八戒睡在那里，呼吸的时候肚皮一动一动，你们浙江绍剧团的七龄童也是这样的。这就证明睡着的时候肚皮也呼吸。有的人平时用的是胸式呼吸，只有唱戏的时候用腹式呼吸。我不是这样看的。这些，文章里都有。我有将近40份送来，不够再复印几份，每个同学我建议发一份。你们将来千万不要唱成"牛叫"啊！要让胸腔扩大开来，鼻腔放松，让它通气，口腔也很自然，共鸣要非常好，发声位置要非常好。这篇文章我重点推荐给同学们，这是我发表在上海宝山区《退休教工园地》上的，带来送给你们。我印得很少，不晓得你们多少人，这个我不想了解，我只想看一看：有没有男男头？没有也不要紧，因为男女都一样。（同学们叫起来："有男男头的！"）有男的？男演员为啥不来？（一位男生站起来）噢，有一个的！好好，不要紧张。（又一位男生站起来）噢，有两个！哎，我为你们讲话，不要骄傲啊！两个嘛，也是点缀点缀。你们将来不要让伊拉吃脱啊！你们要比她们唱得好一百倍。你唱一百句，我唱一句，我得一等奖；一百句，淘汰。就要这样。因为一百句唱得不灵，像"牛叫"一样，勿灵格。

噢，有两个男演员，对不起了，这就是我调查研究不够。我刚才碰到校长也没问一句。不要紧，讲错不要紧，一个人不讲错话是不可能的，因为情况你不是全部了解，不了解你要讲，就犯错误，就要纠正。

同学们，这个"牛叫"问题我希望要很好地解决一下。我托我大学时代的老同学在嵊州找这个同志，我要同他交换意见。希望你们也关心一下，有的话，给我请来，我将再到这里来一次，同他商量一下："你的'牛叫'的理论很好！"

我有一个同学，他是中国戏曲学院的院长，叫周育德，你们认不认识？他到这里来过。他同我通电话的时候说："老王，你这个牛叫那个牛叫，那么，赵某某总不是牛叫吧？"我说："也是牛叫！"赵某某有一部分牛叫，还好。我在来讲课之前专门看了他和方亚芬的《红楼梦》，方亚芬唱袁派，他唱尹派，我听了一遍，没有牛叫，但是其他戏里有牛叫，以后我回去再研究。这个研究，不是为了攻击他。我总是这样讲：这些孩子很可怜，文化程度不高，思考问题不大灵，或者唱得不大灵，他们又不懂，老师怎么教他就怎么唱，老师牛叫他也牛叫了。那么，牛叫有没有呢？我向这位文化局的年轻干部证明：牛叫是有的。男的也有，女的也有。我现在请我的侄儿放一段男的给大家听听。不是赵某某，是赵某某的师弟，在上海越剧院三团，唱了一个戏，叫《溜冰场上》，只放四句给大家听，很明显有牛叫。"看她俗，出口不凡又不俗；看她雅，浓妆艳抹也不雅。就像是隔层迷雾看山色，约会人不知像不像她？"

现在我来示唱一段，两分钟时间，嗓子已经毛了，再唱戚雅仙，唱完我们就下课。为什么唱戚雅仙呢？因为我的嗓子比较接近戚雅仙。请放伴奏："一轮明月照高楼，万顷银光冷悠悠，秀英想起终身事，甜酸苦辣涌心头。光阴似箭催人老，青春易逝去难留；高不成，低不就，而今仍是空闺守。抬头轻问团圆月，几人欢喜几人愁？"谢谢大家！

徐燕：很多同学肯定还听得意犹未尽。王老师用风趣的语言，用鲜活生动的案例，深入浅出地给我们上了一堂课。让我们再次用热烈的掌声感谢王老师！

王云兴：谢谢大家！谢谢大家！

台湾越剧皇后吴燕丽

纪录片文稿

字幕：王云兴声明——本片是在浙江嵊州市广播电视总台纪录片《台湾越剧皇后归根嵊州》的基础上，增补了吴燕丽《西厢记·拷红》《沉香扇·书房会》《二度梅·重台泣别》三个唱段，以及一则《越剧迷的反响》，更改片名为《台湾越剧皇后吴燕丽》，供观赏留念。

字幕（片名）：台湾越剧皇后吴燕丽

讲解员：1950年，台北美都丽戏院。在一片悠扬的丝竹声中，一个机灵、活泼的红娘一出现在舞台中央，就赢得了台下观众纷纷叫好。

字幕：20世纪50年代，吴燕丽在《西厢记·拷红》中饰红娘，林亚君饰崔夫人。

林亚君：红娘，我来问你。

吴燕丽：夫人，问我做啥？

林亚君：这几天晚上你陪小姐到哪里去了？

吴燕丽：我陪小姐去烧夜香，保佑老爷早升天堂，保佑夫人福寿无疆。

林亚君：哼！恐怕是保佑小姐早做新娘吧？

吴燕丽：对啊对啊！夫人啊！小姐做仔新娘，夫人好做丈母娘哉！

林亚君：贱人啊！（唱）你的嘴巴真会说，还不从实说出来！夜香只有夜里烧，如何天明才回来？

吴燕丽：夫人啊！（唱）有天夜里忘记说，烧香且把夜香代，假使红娘有假话，大舞台后门对过天晓得！〔王云兴按：上海二马路——九江路上的大舞台（人民大舞台）马路对面，原有一只小小的、但很出名的梨膏糖店，店名"天晓得"。"大舞台后门对过天晓得"这句话，是上海人说到"天晓得"时常用的一个熟语掌故。从这句唱词中，我隐约瞥见当年台湾越剧界上海人的身影。但须订正一下：唱词中提到的大舞台的"后门"，实际上是大舞台的朝北开的"正门"，即"前门"。〕

林亚君：（唱）看你不出小丫鬟，你的嘴巴真厉害。夫人要是不打你，我想你也不会说。再不从实说出来，我要打你皮肉烂！

吴燕丽：噢，夫人！（唱）我代小姐来挨打，敲敲打打也不碍。夫人你且停停手，让我从头说明白。

讲解员：于是，一场精彩的大戏拉开帷幕。这个叫吴燕丽的红娘，来自浙江嵊州。而今天，她被誉为台湾的越剧皇后。

鼓板一敲，琵琶轻拨弄，伶人一举手，一投足，眼波流转，摇曳生姿，这是越剧，唯美典雅，源自山水清丽的浙江嵊州，带着一股江南水乡灵秀的气息。这股气息，深深吸引了一个乡下姑娘，并从九岁起，着迷至今。吴燕丽，原名雪娟，1923年出生在浙江嵊县圳塍村。

吴燕丽：我是一个农村女子，我小格辰光，9岁，我们嵊州都是（越剧）发源地，做戏的人多，人家去学戏什么的，我也很想。9岁，人家来采访我，要我女孩子去学戏，我9岁，年纪太小，爸爸妈妈不肯。到16岁格辰光，我家山上有个金先生（金铨），他也爱好越剧的，他是要做一个老板，他也招了很多女孩子。我家里名字叫雪娟，他说："雪娟你来学。"我说学戏啊，那我高兴死了，我要跟他去学。我爸爸妈妈不肯。那时我在读书，我就偷偷跑到他的山上去，半山里，他家在半山，很多姑娘，36个姑娘。

讲解员：在科班里，吴燕丽正式把名字从雪娟改为燕丽，并拜金铨为师，工生。她是同科姐妹中的"秀才"（小学毕业）。她刻苦、机灵、聪慧，学戏既快又好，启蒙戏《绣鸳鸯》只学了三个月，就在串红台中一举成功。可惜的是刚串红台没几天，剧团就因为各种各样的原因解散了。

吴燕丽：有个老板，姓单，单老板，新昌人，来雇龙套，采来采去跑龙套的没有。"跑龙套，我要去！"我爹爹姆妈又不肯。"我去，我一定要去！"人家女孩子父母都不肯放她出去。"我一定要去，一定要去！"就到台州路桥、黄岩路桥跑龙套。〔王云兴按：路桥，原属黄岩县（市）的一个镇；现为台州市路桥区，与黄岩区齐名。〕黄岩路桥，一个镜花剧团，头牌小生王湘芝，头牌花旦尹喜芬，二肩旦是李彩英。我末跑龙套，有四个龙套。好，开演卖票，戏院卖票的。我跑龙套跑得很好，人家三个龙套都是大衣桌里（箱上）睡觉什么的，我都一直没有睡觉，我在看戏，看她们做戏。门帘一直被我抓牢，门帘后面抓得墨黑。

讲解员：就是凭借这样的刻苦与执着，在路桥，吴燕丽得到了王湘芝的赏识。王湘芝（1919—1967）是当时有名的越剧小生，曾一度在宁波、上海与徐玉兰、屠笑飞、姚水娟等越剧名伶同台演出。她舞台经验丰富，既是小生，也能胜任花脸等其他行当角色。十几年的粉墨春秋，让她在传统与现代戏中，塑造了不少栩栩如生的人物。她见吴燕丽资质聪慧，声线又细腻甜美，于是就动员吴燕丽改习花旦，又收其为徒，意在培养她与自己师徒配档。

吴燕丽：王湘芝，我姐姐，我现在叫姐姐，实际上是师父。姐姐她做《毛龙作吊》（《果报录》），那个刁刘氏没有人演了，那个二牌旦不识字的，那我姐姐叫我去把台词全部读熟，台词全部读熟，伊拨我化妆一个刁刘氏的蛮漂亮格旦堂,叫我去做刁刘氏。《毛龙作吊》,伊末教我怎么做,怎么走,统统教我,那我牢牢记着。那么我《毛龙作吊》做下来了,我刁刘氏做下来,"噢,这小鬼是跑龙套的,刁刁刘氏会去做……"人家笑死了。姐姐对我好高兴的。这是第二次。第三次那我就做四肩旦了,那些里面轻便的角色,小丫头什么的就叫我去(做)了。第四次啊,我就做二牌旦了。

讲解员:王湘芝爱徒胜妹,事事处处指导提携;吴燕丽敬师胜姐,虚心学习,进步飞快。姐妹生旦活跃在浙东的戏曲舞台上,成为舞台"伉俪"。

吴燕丽:到沈家门,我住在汤师母家里。来做戏了,我高兴死了,那有戏文,我一定要去看了,我高兴死了,我要去看。一看呀,走出来是《二度梅》,王喜童,做王喜童的是我小姐妹。格辰光我在温州,她也在的,格辰光她在跑龙套,我已经唱头牌旦了。格辰光,我沈家门一看,这王喜童是葛少华,那我就到后台去看她了。我一到后台,她就介绍,王台(队)长啦,里面这种官兵,"王台(队)长,这个就是小湘芝!""噢?"第二天他们就请我来登台了。做一礼拜,做得生意很好,格辰光《狸猫换太子》什么的做得很好,做了一礼拜。

讲解员:到台湾后不久,"凤虎越剧团"又吸收了大量的演员和舞台乐美人员,另行组建"中华越剧团",并应聘赴高雄、台中献艺。为适应台湾本地人的观看,念白不用嵊县腔,而改用普通话。

吴燕丽:不到一个月,剧团聘请我做戏剧指导员,这样一个名义。台中、高雄、嘉义、屏东,这个转(流)动性的。我们做到嘉义,做到台中,做《红娘》这种都是打炮戏,都是最好的,《红娘》啊,《盘夫索夫》,都是比较好的。

讲解员:(二十世纪)五十年代在台湾走红的越坛艺星中,最著名的演员无疑就是吴燕丽。当时她与小生李琴飞搭档,在台北美都丽戏院首次登台，就连满七天，一炮而红，为越剧在台打开局面立下头功。由于吴燕丽先工生后学旦，所以文武基本功均很扎实，身段动作敏捷灵活，嗓音圆润优美，刻画人物性格鲜明真切。她戏路宽广，花旦、青衣皆能，《红娘》中的红娘，《叶香盗印》中的叶香，《方玉娘哭塔》中的方玉娘，《志贞哭图》中的王志贞……有资料显示，吴燕丽最红的时候，有观众为了看一场吴燕丽的演出，夜里就睡在售票处的地上排队。票贩子更是趁机发财，当时黄金三十二元一钱，吴燕丽的黄牛票却要四十五元一张。在台湾越剧界，她是无人能与其匹敌的老牌越剧皇后。

字幕：20世纪60年代，吴燕丽在《沉香扇·书房会》中饰蔡兰英，陈淑华饰徐文秀。

陈淑华：表弟请了！（唱）我见这位表弟弟，好像哪里见过的，舅父备好一席酒，同到书房问仔细。

吴燕丽：呀！（唱）我见冤家身及第，今日见他心欢喜。我知他是我丈夫，他不知我是他的妻！

吴燕丽：我在台北做戏的时候，做《红娘》也好——《红娘》是花戏，假使做苦戏，《泪洒相思地》呀，《秦雪梅》呀，《方玉娘》呀，这种苦戏，假使我做得好格辰光，观众是很欢喜，钞票也会丢上来，金戒指也会丢上来。我哭他们也在哭，我笑他们也会笑。他们讲我唱戏唱得口齿很清，有时这个广东人，不会懂的人，坐在十八排，他也会听得清楚。做《白蛇传》连旁边站的位置都满的，都是客满的，都很好的。我到台湾初次（登台）的时候，我们讲嵊县话他们都不懂；讲国语，国语也不行。后来慢慢改良，就会懂了，就晓得了，观众就越来越多了，这样子。（唱）这是四大金刚分两旁，中间坐着观自在（观世音），倘使小姐有了喜，你怎样对得起琴妹妹？（王云兴按：1981年9月，台湾越剧界由越剧新秀周弥弥领衔，献演新编越剧《林黛玉与紫娟》。当时已年近花甲的吴燕丽复出，仍以"越剧皇后"金字招牌挂头牌，饰演剧中王熙凤一角，扮相俊俏，唱功老到。转眼间，时光又过了30余年，镜头上出现的吴燕丽已年逾九旬，她坐在嵊州家中随口吟唱的这四句，可能就是《林黛玉与紫娟》中的唱腔。）

讲解员：改革开放后，两岸交流日益频繁，大陆越剧表演艺术家及小百花越剧团相继赴台演出，这为越剧之花在海峡两岸的发展打开了新的天地。尤其近年来，浙江小百花越剧团赴台演出，让吴燕丽觉得大陆的越剧事业充满了生命力，给她留下了深刻的印象。

吴燕丽：伊拉来了好几次，有一次做11天，我看11天。（小）百花剧团来演，做什么戏什么戏，茅威涛，我去看11天。越剧，大陆的越剧，我也高兴去看。我是从小到现在，越剧是我最欢喜的了。

讲解员：2012年3月，吴燕丽决定回家乡嵊州定居，同时她也决定把一生中的越剧珍藏，都捐献给家乡的越剧博物馆。（在2012年5月18日捐赠仪式上的声音：今天我们在纪念国际博物馆日之际举行台湾越剧皇后吴燕丽珍藏品捐赠仪式。）

吴燕丽：我在台湾恐怕有六十多年了。现在台湾越剧不景气，好像很冷清，我想我一辈子，介许多衣服，这么多东西珍藏，牺牲（丢失）了都是很可惜，我把东西捐赠给越剧博物馆做纪念，这是我很高兴（的事情）。

讲解员：这些70多年来珍藏的300多件文物，是越剧在台湾的一个见证。它的叶落归根，涵盖着一个耄耋老人的拳拳赤子之心。（吴燕丽在屏幕上提笔签名）吴燕丽在《百年越剧》长卷上签名留念。从十六岁走上越剧之路，到（二十世纪）五十年代成为台湾越剧皇后，到九十岁叶落归根，台湾越剧皇后吴燕丽，"几番起伏全为戏，终身不悔习曲（越）艺"，这是对她最好的写照。

字幕：越剧迷的反响。

王云兴：同志们，我是王云兴。我和我小侄儿王耀清为吴燕丽大姐做了一点事，尽了一点力，我们感到很高兴。吴燕丽大姐是女子越剧的一位老前辈。她和傅全香同志同年，都出生在1923年。她比袁雪芬同志小一岁，比范瑞娟同志大一岁。这就使我产生了一些联想。我想，纵观吴燕丽大姐优越的天赋条件，以及她对越剧事业的执着和痴迷，假如她当年没有去台湾，而是跟着袁雪芬同志她们一起闯荡上海滩，那么，吴燕丽大姐能不能也成为像"十姐妹"那样的越剧代表人物或越剧流派创始人呢？对于这个问题，我想了很久，我的结论是肯定的。因为吴燕丽大姐从进科班，到路桥，到温州，到舟山，一直到台湾，在几十年的时间里，她始终是戏班中最冒尖的领军人物，她在艺术上不断探索，不断创新，始终都是观众最注目的焦点，最耀眼的明星。前几年，嵊州市广播电视总台在纪录片《台湾越剧皇后归根嵊州》中说："在台湾越剧界，她（吴燕丽）是无人能与其匹敌的老牌越剧皇后。"这个说法，当然是对的，但还不够充分。我想，能不能让我套用这个说法，进一步提出我的观点呢？我认为：在中国越剧界，像吴燕丽这样出类拔萃的泰斗级越剧艺术家，除了上海的"三花一娟""十姐妹"和越剧流派创始人以外，还有谁能与其匹敌呢？

另外，20世纪60年代吴燕丽大姐和陈淑华女士对唱的《二度梅·重台泣别》，吴燕丽饰陈杏元，陈淑华饰梅良玉，这也是一段声情并茂、感人至深、催人泪下的好唱腔，我听了很感动、很钦佩、很喜欢。现在就让我和我小侄儿王耀清一起来学唱一下。我学唱花旦，我小侄儿学唱小生。

王云兴：（叫头）梅郎啊！（唱）人生原是一场梦，梦到头来终究空。春来百花竞开放，春去满地落残红。眼前残花淹流水，天边的残花不可终。梅郎啊！今宵重台分别后，可一比交颈鸳鸯各西东！

王耀清：（唱）劝杏妹，莫悲痛，此去身体要保重。虽然夫妻难重逢，为国和番有大功！

王云兴：（唱）说什么身体要保重，说什么和番有大功。为的是失去河山栖寡在，为的是父母年迈不善终！

王耀清：（唱）为父母，来尽孝；为国家，来尽忠。虽然天下贼可欺，总算是，为国赴难救人群！

王云兴：（唱）赴国难，救人群，要与梅郎分西东。要知道，好马不吃回头草，好女不嫁二夫君！

字幕（结尾）：谢谢观赏！二〇一四年四月。

初访燕丽大姐

　　1991年8月，在杭州大学同学会上，吴孝琰同学告诉我：他的一位比他大15岁的大姐吴燕丽，是台湾越剧皇后。孝琰是我大学一年级同班同学。

　　2013年5月23日，我应邀到嵊州越剧艺术学校作《一个老越剧迷的心声》讲座，孝琰来听讲时，跟我谈起："我大姐已90岁了，去年从台湾回家乡定居，和我们住在一起。""我能否拜访她一下？""可以啊！我大姐很好客，很爱热闹，对你王云兴这样精通越剧的人，她肯定很欢迎！"

　　第二天，5月24日下午，我登门拜访大姐。一进门，孝琰就向她介绍："大姐，这位是王老师，专门来看你！"

　　我："大姐好！你是女子越剧老前辈，你和袁雪芬她们同辈，我来向大姐讨教。"

　　"不敢当。王老师请坐！"大姐思维敏捷，口齿清晰，看上去很精神，"我1923年出生，和傅全香同年，比袁雪芬小一岁，比范瑞娟大一岁。我一生最喜欢的就是越剧，我现在看电视，主要看越剧。"

　　孝琰："依我看，在我们的老朋友当中，最熟悉越剧的有两个人：一个是丁一,一个就是你王云兴。"

我:"哎!丁一是越剧专家,我是越剧爱好者,我哪能和他比啊?"

孝琰:"大姐,你有什么问题,可问问王老师。"

大姐:"王老师,姚水娟还在吗?"

我:"她去世了,死时只有60岁!"

大姐:"袁雪芬有孩子吗?"

我:"有三个儿子,都很好。"

大姐:"徐玉兰呢?"

我:"有两个儿子。"

孝琰:"大家都说《红楼梦》好,我看《追鱼》比《红楼梦》更好,因为它还有武打。"

大姐:"不对,《红楼梦》比《追鱼》好多了!"

我:"我感到两个戏都很好。只是《追鱼》还属老调,《红楼梦》已是新腔,成了越剧发展史上的一个制高点。应该说《追鱼》很好,《红楼梦》更好。"

大姐会心微笑点头,在我说到"《追鱼》还属老调"时,她随即附议:"对,还属于老调!"

孝琰:"我不大懂越剧,可能只会看热闹。我姐年轻时唱得怎么样,我不知道,因为我没听过。她带回来几十张老唱片,我找不到手摇留声机,根本没法听。"

我回头问陪我同行的小侄儿王耀清:"耀弟,你能把老唱片转录成光盘吗?"

耀弟:"只要有留声机,就可以转录。"

晚餐很丰盛。大姐单独吃素,豆制品是台湾的特产。她给我们尝了几块,我们都说:"很好吃!"拜别时,大姐很高兴,一直送我们到大门口。

069

回沪后，我为大姐陆续寄去一套越剧"绝版赏析"，包括"三花一娟"、筱丹桂、马樟花、支兰芳、屠杏花、尹桂芳、戚雅仙、陆锦花、张云霞等；一套《舞台姐妹情》特刊和录像。还在小侄儿王耀清帮助下，购得兼具留声机功能的新型电唱机一架，准备再访燕丽大姐时，为她把老唱片转录成光盘。

2014年12月10日

再访燕丽大姐

2013年11月24日，小侄儿王耀清驾车伴我到嵊州，一同参加"相约越乡"全国越剧男票友擂台赛。下午一抵嵊，首先偕同钱进德师兄夫妇再访吴燕丽大姐。

一见面，大姐就问："王老师，节目准备好了吗？""大姐，我准备好了：初赛，戚雅仙的《王老虎抢亲·寄闺》；复赛，袁雪芬的《西厢记·琴心》；决赛，金采风的《祥林嫂·洞房》。""蛮好蛮好！那你们什么时候唱呢？""明天初赛，在东王村；后天复赛，在文化广场；大后天决赛，在嵊州剧院。""我要去看，看你们演出，一定要去！""大姐，跑进跑出，你方便吗？"

孝琰："老王，这个你可放心。我姐出门，我们都会让她坐上轮椅，簇拥着她，保证她的安全。"

进德："孝琰，你们一家人待大姐真好！照我看，大姐去看一场决赛就可以了。"

我："那我们如果被淘汰，进不了决赛呢？"

进德："那不会的！老王，你明天碰到嵊州市越剧戏迷联谊会会长王超法同志，不要忘了向他要几张决赛入场券！"

晚宴后，大姐邀我们到南面客厅，把她的老唱片一张一张抽出来给我们看，一副"细数家珍"的情态。临别，孝琰把一包老唱片交给我。我："好的，我们回宾馆录一套光盘带回上海去复制，这包唱片回头就还给你。"

第二天，11月25日上午，我们坐嵊州市文化馆专车，到越剧发源地东王村参加开幕式和初赛。临行前，孝琰专程赶来："云兴，我姐见你昨晚说话较多，又喝了些白酒，怕影响嗓音，她很担心，一夜没睡好。今天一早，她一定要我送这五包'清爽王'润喉片来，让你们保护嗓子。刚才出门前，我发现家里还留着三张唱片，我要带给你们，我姐说这不是她唱的。我说不管谁唱的，带去再说。云兴，你看看有用吗？"我一看，是一套上海越剧院的《西厢记》，我欣然收下。

当天是全国越剧男票友擂台赛开幕地东王村的盛大节日。村内外张灯结彩，锣鼓喧天，人头攒动，喜气洋洋。家家呼亲唤友，宾客盈门。进德夫妇一早赶来东王村，待市文化馆专车一到，就陪我们到他们小女儿亲戚家共赴午宴。

初赛从下午1时进行到晚上10时，赛程严整规范，赛场热闹有序。最后，我和小侄儿均未进入复赛。对此，我们自己并不遗憾，但燕丽大姐可能会失望，我想，有必要向她做个交代。

第三天，11月26日，我在宾馆写了一封《致越剧皇后吴燕丽大姐函》，由耀弟制成光盘，送店复制了几份。函中说："我们叔侄俩最后都以较小的分数差距，没能进入复赛，辜负了你老人家的厚望，真对不起！"又说："我们为什么败下阵来？这是因为他们都是真正的票友，都是业余演员；而我们只是两个戏迷，两个爱看戏和爱唱戏的人，都没学过表演。他们赢我们，主要赢在表演上。如果不比做工，光比唱功，我们也许并不比他们差，并不在他们之下，不一定会名落孙山。"

当晚，进德设家宴款待。孝琰看到我的函件很高兴："好呀，有了这封信，我就可以向我姐交代了。"我把几张决赛入场券交给孝琰："这是王超法同志送到宾馆来的，你们明晚陪大姐去看吧！"孝琰："我姐听说没有你们的节目，她不想去看了。"进德："那就让我们去看吧！"

耀弟打开从上海带来的兼具留声机功能的电唱机，把大姐的老唱片放给大家听，很清晰，很优美。我："因为缺一个转录的零件，要到上海去配，所以老唱片转录成光盘的任务，这次不能在嵊州完成了。这包老唱片，我们要带回上海去。孝琰，可以吗？"孝琰："我姐说，老唱片交给王老师全权处理！"我："那我保证完璧归赵！"

第四天，11月27日上午，我们告别嵊州回上海。车子开出嵊州不久，行驶在嵊州至上虞的高速公路上，孝琰给我来电话："云兴，告诉你个好消息，《今日嵊州》头版登了越剧男票友挑战赛的长篇报道，标题是《香火堂前寻越根，稻桶台上唱越剧》。其中有一段专门写你，我姐叫我读给你听听：记者裘冬梅；小标题《最大和最小的参赛者》；正文：60名选手中，年龄最大的王云兴有80岁了，年龄最小的宋依能才5岁。80岁的王云兴精神抖擞，神采奕奕，他从小就是金嗓子，唱高亢的徐派最合适不过，但他偏偏喜欢悲戚凄婉的戚派。'我身高182厘米，如果不是这么高的个子，我早去越剧团做专业演员了。'王云兴是师范学校语文老师，对不能从事越剧事业一直耿耿于怀，退休后全心全意投身越剧，这才了却心愿。他这次参赛的曲目是《王老虎抢亲·寄闺》，那么高大伟岸的一位老人，站在台上一开口，却是地地道道的戚派味道。'重在参与，得不得奖在其次，毕竟年纪大了，金嗓子变破嗓子了！'"

我听罢开怀大笑，久久不可抑制。这位年轻记者裘冬梅同志很有才华，她的这段文字，夸张而有度，诙谐而友善，铺张而简练，我很钦佩。2011年参加上海"越剧我来秀"，我没得到演唱机会，就被淘汰出局，确实有一点"耿耿于怀"。经历了这场嵊州赛事，我真的"释怀"了，了却心愿了。

2015年1月12日

三访燕丽大姐

2013年11月底，我和小侄儿王耀清把吴燕丽大姐的一包老唱片从嵊州带回上海，花了一个月时间，于12月底完成转录，并制成《台湾越剧皇后吴燕丽唱片集（共20片）》和《台湾越剧皇后吴燕丽唱腔选（共8段）》光盘2张后，随即告知嵊州吴孝琰和钱进德两位同学："2014年3月，我要到嵊州继续采访吴燕丽大姐。"进德是我在杭州大学越剧团乐队的好朋友，他比我和孝琰高一届，是我们的师兄。他问我能否延迟一个月赴嵊，一起参加他们年级同学会的"越乡行"。他说："王兄，你们叔侄一起参加，我们的活动就更丰富，更精彩，更有越剧味。你看可以吗？"我说："完全可以！"

2014年4月26日中午，我和小侄驱车到嵊州，三访燕丽大姐。

见面后，孝琰和大姐陪我们在南面客厅坐下，愉快地说："云兴，我姐知道你们要来，关照我今早去买菜，一定要买这个，买那个，要我尽量买得好一点。"大姐："王老师为我做了介多事体，我要好好谢谢伊！"我："大姐太客气啦！"大姐："王老师，你年轻时是可以去唱越剧的。我看你很乐观。"孝琰："我姐也很乐观。"大姐："对。我遇到不开心的事体，一般都是顶多难过5分钟，就好了。"我："大姐，我和你是一样的。"

孝琰:"云兴,我姐最近交到了一位好朋友陶玉香,是从黄岩越剧团退休回来的,今年80岁,比我姐小12岁。她和我姐的师傅王湘芝,都是张云标的徒弟,所以她年纪比我姐小,却是我姐的长辈。"大姐:"孝琰,你打个电话,叫陶老师快来。王老师和陶老师谈起来,更有劲。"

我取出一本记者采访袁雪芬的书《此生只为越剧生》敬奉燕丽大姐:"大姐,袁雪芬同志为越剧事业奉献终生的崇高精神,值得我们学习!"大姐双手接书,虔诚地说:"谢谢,谢谢!"

不一会儿,陶玉香同志赶到。她自我介绍:"我和温州越剧团团长王湘芝是师姐妹。最近我听说燕丽大姐回到家乡来定居了,我就来看她!"大姐:"论年纪,我是陶老师的大姐;论辈分,陶老师是我的老师。"陶:"我说,在老一辈越剧演员中,大姐寿命最长,家里人又待她这么好,她真是好福气!"

我:"陶老师,你在科班学的是什么行当?"陶:"我学的是丑角。后来我担任越剧团的领导工作,就不大唱戏了。上海越剧院我是经常去的,是向他们去要新戏的本子,拿回黄岩去演。他们每次都送票请我看戏。那时要是认识你王老师,我的票就可以给你去看。"我:"那很好啊!你现在跟大姐住得这么近,可以经常见见面,谈谈天了!"大姐:"对啊,我和陶老师是可以经常见面的!要是王老师也住得近,那就好了!"

晚宴后,孝琰送给我一本他自印的诗文集《野草花》,交给我一包大姐演出的录像带,并和我一起坐我侄的车送陶玉香同志回家。陶家在环城西路,只需10分钟车程。握别时,孝琰说:"云兴,你们帮我姐把老唱片转录成光盘,这是非常好的事情。但是你要为我姐写评传,我看那是无米之炊,写不好的,你不要写。"我想,孝琰如此直言不讳,其用心肯定是为了我好,为了不让我自不量力出洋相。但我总觉大姐一生不凡,总想把她的事迹诉诸笔墨,流传千古。纵使写不出周详完备之传记,那就写一组关于大姐的系列文章,展示大姐艺术生涯的几幅侧影,收入我另一本文集,亦无不可吧?

　　第二天,4月27日,进德他们游览新昌大佛寺,我和小侄留在宾馆加工、复制纪录片《台湾越剧皇后吴燕丽》。第三天,4月28日,我们随进德他们游览东王村、施家岙、越剧博物馆和越剧艺术学校。在施家岙古戏台上,我们与嵊州市越剧戏迷联谊会演员们同台,我独唱了《碧玉簪·耳听得谯楼打三更》,和小侄合唱了《梁祝·十相思》。师兄师姐夸我们"珠圆玉润""珠联璧合",为他们的"越乡行"增了光,添了彩。最后,我把两套纪录片《台湾越剧皇后吴燕丽》光盘留下,请进德转交孝琰,其中一套再由孝琰转交陶玉香同志。4月29日上午,我们驱车离嵊返沪。

2015年2月10日

沪嵊越迷交流会

2017年10月29日，我和侄儿王耀清诚邀嵊州市越剧戏迷联谊会会长王超法，副会长吕爱娟、卢美珍等20位嵊州越迷，假座嵊州国际大酒店天宫一号国际豪庭，举行沪嵊越迷交流会。交流会主持人钱进德，是我的大学同窗。我是交流会主讲人。在欣赏完短片《台湾越剧皇后吴燕丽青春好声音》，听完王超法会长开幕词之后，主持人请我讲话。我说：

同志们，嵊州的越迷朋友们，你们好！我和我侄儿王耀清热烈欢迎大家出席今天晚上的交流会。刚才进德同志要我谈谈体会，我说好的，我谈两点体会。

第一点，谈谈吴燕丽大姐。台湾越剧皇后吴燕丽，今年95岁了，身体非常健康。大家请看照片：这是三个月之前的7月11日，有10多位看着吴燕丽大姐的越剧长大的越迷朋友们，在吴燕丽家中拜访吴燕丽，向她赠送匾额"友谊长存"。吴燕丽大姐很自豪。吴燕丽大姐的唱功，是非常好的。我认为她的《红娘》，唱得比筱丹桂要好；她的《沉香扇·书房会》，比姚水娟唱得要好。这是因为大姐当时年轻，在学习前辈的基础上发展提高，后来居上了。中国越剧史上有一位越剧皇帝，那就是尹桂芳；有两位越剧皇后，一位是越剧皇后姚水娟，另一位就是越剧皇后吴燕丽。

今天的交流会，原定时间是中午，吴燕丽大姐本来是很高兴地答应要参加的，要来和大家见面的。后来我们的这个会，因故改到晚上，为避风寒，她就不能来了。她叮嘱我代表她向大家问好！现在我高兴地告诉大家：吴燕丽大姐的同胞亲弟弟、80高龄的吴孝琰老师，带着他的夫人，代表吴燕丽大姐，来出席今天的晚会，让我们对他们表示热烈的欢迎！

吴孝琰同志是我的大学同窗。他说，"长姐为母"，他就是把大姐像母亲一样对待的。他带领全家人竭尽孝道，待大姐都非常好，这就确保了大姐的健康与长寿。我衷心感谢吴孝琰同志的一家人，我要向我们的孝琰兄和我的弟妹深深一鞠躬！[①]

第二点，谈谈戚雅仙。戚雅仙同志是女子越剧史上的重量级人物。她师承袁派，青出于蓝胜于蓝。我爱越剧，最爱的是戚雅仙。我写了一份《雅歌满江南，仙声传天下——戚派讲座提纲》发给同志们，欢迎同志们批评指正。今天我要讲的，是戚雅仙同志的"三四六"，就是一个"三"，两个"四"，两个"六"。

一个"三"，就是"三多"——笨鸟先飞，舞台多演，得道多助。戚雅仙同志天资很高，嗓音很好，加上她特别勤勉，这就使得她出类拔萃，处处超群。作为团长，她得到剧团同仁们的"多助"，她"得道成仙"了。但她也栽培了剧团里面的著名作曲家贺孝忠，带出了她的老搭档、毕派创始人毕春芳。她的丈夫傅骏同志，编剧、戏剧理论都很好，后来被提拔到静安区文化局去工作了。这些同志，他们都因为戚雅仙同志的关系，也都"得道成仙"了。两个"四"：第一个"四"，是江南戏曲四大悲旦——越剧戚雅仙，沪剧杨飞飞，锡剧梅兰珍，评弹徐丽仙；第二个"四"，是越剧袁派派生出来的越剧四大名旦——戚雅仙、吕瑞英、金

[①] 2021年5月15日，台湾越剧皇后吴燕丽在嵊州家中无疾而终，终年99岁，荣享"白寿"。

采风、张云霞。在这两个"四大名旦"中，我认为戚雅仙无论在声望方面，还是在艺术功底方面，她都处于绝对领先的地位，她是最好的，最出类拔萃的，最没有争议的。

两个"六"：第一个"六"，是最早形成越剧流派的六位越剧艺术大家——袁雪芬、尹桂芳、范瑞娟、傅全香、徐玉兰、戚雅仙。戚雅仙同志1948年以《香笺泪》一剧成名，初步形成了戚派越剧艺术，当时她只有20周岁，她比谁都出道要早。第二个"六"，是戚雅仙的六大代表作。一般认为，戚雅仙的代表作是"白血二玉"，只有《白蛇传》《血手印》《玉堂春》《玉蜻蜓》四部。其实呢，还必须加上另外两部，一部是《婚姻曲》，另一部是《梁山伯与祝英台》。所以应该说：《婚姻曲》《梁祝》"白血二玉"，这才是戚雅仙同志的六大代表作。（按：《婚姻曲》是一段"开篇"，一段时政宣传性质的小演唱，一般说来，只能称"一段"或"一支"，不能称"一部"。我讲话时顺口称之为"一部"，其实是不确切的。但从《婚姻曲》的历史地位加以考察，称其为戚雅仙的六大代表作"之一"或"之首"，均无不可。）

戚雅仙同志的唱腔特别好听，口齿特别清晰，中气特别足，韵味特别浓，感情特别深。她的慢清板，唱得特别好，具有勾魂摄魄的魅力。只要戚雅仙同志一开口，剧场里立即鸦雀无声，观众凝神屏息，一根针掉在地上都能听得见。这样的剧场效果，一般是很少见的，可以说是独一无二的。现在我来学唱一段戚雅仙同志的代表作《白蛇传·合钵》。请听！

我唱完，紧接着，我侄儿王耀清和嵊州越迷朋友们一个接一个上台演唱，气氛热烈而友善，大家尽兴而归。我们拟将此次活动的录像和录音制成纪录片珍藏留念，片名就叫"沪嵊越迷交流会"。

越艺长青，友谊长存。

2017年11月30日

越剧唱功随笔

上

袁雪芬同志说:"声腔曲调在戏曲中占有重要地位。它是区别不同剧种的主要标志"。她说的"声腔曲调",即"唱腔音乐",俗称"唱工"。戏曲四大基本功"唱、念、做、打","唱"列第一位。老百姓看一个剧种或一个演员好不好,主要看唱功好不好。

1946年春,我初到上海,寄居曹家渡族兄家。族兄苏杨生先生每听到收音机里播放越剧,总要以不屑的口气说一句:"绍兴戏嘛,一塌刮子一百零一句调头①,最难听了!比京戏差远了!"这句话使我震惊。但我也有疑问:我刚到上海的第一天,在杨树浦八埭头听到扩音器里播送范瑞娟的《回十八》,清脆嘹亮,豪放悠扬,不是很好听吗?我要不要去看一看越剧呢?在游移中,我居然五年多没看越剧,连首演的新越剧《祥

---

① 沪语"一塌刮子",总共;"一百零一句",一句;"一塌刮子一百零一句调头",总共只有一句曲调,极言当时越剧唱腔之贫乏与单调。

林嫂》和十姐妹合演的《山河恋》，我都错过了。京剧呢？我当然也没看，因为我听不懂，也不喜欢听它那腔调。我只看电影。即使看电影，我也避开了越剧：1948年我看着越剧电影《祥林嫂》在大上海大戏院放映，却没进去看。连越剧电影《越剧菁华》《相思树》和《石榴红》等，我也都没有看。十二姐妹为捐献越剧号飞机义演的《杏花村》，我也没看。

1951年，我18岁。当我听到戚雅仙的《婚姻曲》，看到尹桂芳的《相思果》，我惊呆了：原来越剧这么好听，这么好看啊！从此以后，我就有越剧必看，有越剧名段必唱，我终于成了一名涉足颇深的越剧迷。60多年过去了，我初心未变，老而弥坚。

我的族兄苏杨生先生已于20世纪50年代初过世。如果他活得长些，看到后来越剧发展成为全国第二大剧种，流派纷呈，唱功那么好，他也许会改变看法，不再认为越剧"一塌刮子一百零一句调头，最难听了"吧？

中

在继承流派的基础上创新发展，这是越剧界的共识。上海全面培养各派继承人；福建培养尹、王、张（云霞）各派继承人；江苏培养袁、范、戚、毕各派继承人；绍兴培养范、傅、吕、尹各派继承人；杭州培养范、徐、金、张（桂凤）各派继承人：都取得了喜人的成绩，深受观众欢迎。

流派的成熟，是一个剧种成熟的标志。流派可以突破，可以发展，但必须给流派以足够的敬畏和尊重。有人对流派很轻慢，开口就嘲讽别人："演戏又不是展示流派！"不怪自己唱得不好，只怪观众"为什么不爱听我唱"，"为什么说我唱得不像师辈"，仿佛不好听、不像师辈就是创造了新的流派似的。还有人提倡越剧有些地方可学蔡琴，可学毛阿敏。越剧吸收姐妹艺术丰富自己，是应该的，也是一贯这样做的。但请问：你对越剧的唱功熟悉吗？你能像作曲家刘如曾先生那样，对传统唱功怀着虚心学习的敬畏之心，给予有效的指引吗？

京剧在新中国成立前"四大名旦"的基础上，新中国成立后只形成了张君秋一个新的旦角流派。越剧在新中国成立前袁、尹、范、傅、徐、戚六大流派的基础上，新中国成立后又形成了陆、王、吕、金、张（云霞）、毕、张（桂凤）七大流派。流派是旗帜，是标杆，是艺术发展的新起点。谁不欢迎新的流派诞生呀？但是，"越剧"必须姓"越"。"创新"就是"创好"，新的必须比老的好；"创新"也是"创美"，不是"创丑"。谁想讨巧，谁想无视流派，排斥流派，或者"踢开流派创流派"，那肯定是行不通的。

下

拳不离手，曲不离口。戏曲唱功，三分靠天赋，七分靠勤奋，靠苦练。优秀的戏曲演员，都牢记"一天不唱自己知道，两天不唱观众知道，三天不唱师傅知道"的祖训，深谙此言之真谛，坚持天天练唱，天天吊嗓。袁雪芬天天请琴师托腔，练一练唱，吊一吊嗓。尹桂芳把《何文秀》等老戏的唱腔改得特别好听，唱得特别圆熟。范瑞娟很早就买了一架钢丝录音机，录下唱腔反复自听自改。傅全香脑梗昏迷后，什么都不能说了，就是还在继续哼唱她的唱腔。徐玉兰常常躲到厕所里练唱。戚雅仙"笨鸟先飞"，多练多唱，一丝不苟。昆曲演员俞振飞每学一个曲牌，至少要练唱二百遍。京剧演员史依弘潜心学唱，骑在自行车上仍"曲不离口"，即使被人觉察、议论，仍照唱不误。沪剧演员王盘声退休后每天早上醒来，先躺着把自己的代表曲目轮唱一遍，然后起床。艺术家们对唱功的执着和呕心沥血，实在令人感动。

  我也是"曲不离口"的虔诚信徒。60多年来，我总是利用一切空余时间练唱。在杭州时，我住在西湖北面的文教区，到市区要走个把小时，这段路程，是我最好的练唱时间。我走在路上，总是争分夺秒，不厌其烦，反反复复练唱越剧名段。偶遇行人，彼闻声而不见怪，我照唱而不动心。回到上海，我也照常练唱。1960年初的一个深夜，在上海武胜路起点站乘23路无轨电车回家，开车前，我坐在车上轻声唱《三盖衣》，前排坐着一对中年夫妇，妻子回首瞟我一眼，以蔑视而嗔怪的口气，对丈夫轻轻说了声："还唱越剧呢！"从此以后，我不再在公众场合练唱。

  不久前，在一次单位文娱演出中，我唱完浙越二团王媛的《鹅毛大雪满天飞》，一位同事问我："你为什么80多岁还唱得这么好？"我说："这是苦练的结果。这段戏，我唱了几十年，至少练唱过上千遍，滚瓜烂熟，倒背如流。这次演出前几个星期，我专门练这一段，每天唱好几遍。"

  近10年来，独居的我除了继续在走路和躺着时练唱外，每天在家里跟着伴奏音乐唱一小时越剧，越唱越起劲，越唱越开心。我坚信唱越剧可以长寿。生命不息，越音不止！

2016年11月15日

从"牛叫"说起

1983年,我从电视上看到过一个情节:那年,全体越剧名演员组团回故乡嵊县义演,在一个大型座谈会上,嵊县文化局一位青年干部向袁雪芬提出一个尖锐的问题:"请问袁雪芬同志,为什么越剧男演员除了饰演贺老六的个别演员,唱起来都像牛叫?"袁雪芬避而不答。

转瞬间,整整29年过去了,提问的年轻人,现已步入老年,或业已退休,不知他对"牛叫"问题的看法,后来有什么变化;被问的越剧大师袁雪芬,也已过世一年多,再也听不到她对问题的直接解答。而那震聋发聩的"牛叫"二字,却时时响在我耳边,深深刻在我心间。我钦佩那位年轻人能以如此锋芒毕露的大白话,揭露了越剧的现状:与沪剧、锡剧、评弹等男女演员势均力敌、男声女声平分秋色的兄弟剧种相比,越剧男演员相对弱势,未能改变女子越剧的一统天下。越剧男演员的主要弱点,是发声方法不够科学,唱得不够好听,甚至如同"牛叫",难听至极。

当然,越剧男演员唱得很好听的,也是有的。我感到,唱得最好听的一个,就是嵊县那位青年干部说的"饰演贺老六的个别演员"史济华,他在越剧电影《祥林嫂》中唱的那段"我老六今年活了三十多",按他自己的说法:"范瑞娟老师唱的是原版,我唱的是翻版。"1978年,我还在浙江工作,一天上午,我的同事卜一民老师激动地告诉我:"老王啊!昨晚我从收音机里听越剧《祥林嫂》,男小生史济华唱范派,不要唱得太好啊!跟范瑞娟唱得一模一样,真好听啊!"不久,我们就满城争看越剧电影《祥林嫂》,大家都赞不绝口。

有人认为:"史济华扮演的贺老六……是范派还是徐派?都不是,他就是那个绍兴山里的贺老六"。(见2012年8月28日《新民晚报》A23版:翁思再《越剧男女合演还有"戏"吗?》)意思是说:史济华演的贺老六完全是独创,或是在范、徐两派基础上的再创造。这可能是作者因忽略了一些历史事实而产生的一种误解。历史事实是:新中国成立以前,范瑞娟就在《祥林嫂》中成功而出色地扮演过贺老六,《祥林嫂》还被拍成了越剧电影,可惜已遗失;1956年鲁迅逝世20周年时,范瑞娟和袁雪芬、张桂凤等又将《祥林嫂》做了修改,献演于上海大众剧场;现在还能看到范瑞娟和金采风合演的《祥林嫂·我老六今年活了三十多》的电视录像。史济华演的贺老六,从唱到做,皆以范老师为范本,他把自己的贺老六称作"范瑞娟老师的翻版",并非自谦,确为实情。而作为范老师的优秀传人,他能把老师的经典杰作演绎得如此传神,实在也是一件很不容易的事。

贺老六形象的塑造,虽与徐玉兰老师毫无关系,但史济华早期师承徐玉兰,他徐派也唱得非常好。记得20世纪60年代初,上海越剧院实验剧团赴杭州巡回演出,假座胜利剧院献演《红楼梦》,史济华和姜佩东都是二十刚出头的上海戏曲学校越剧班毕业生,他们唱的也是徐派和王派的"翻版",不仅唱得和徐玉兰、王文娟一模一样,而且还平添了几分青春气息,显得更有灵气,更有朝气,更为动听。多年来,我一直想再听听他俩当初演出《红楼梦》的录音,可惜终无机会,深感遗憾。

后来,大概因流派分工需要或嗓音条件特点,史济华由徐派改唱范派。除《祥林嫂》外，他还演过《桃李梅》《十一郎》和《凄凉辽宫月》等名剧，唱的都是豪放明快的范派，都很好听，备受欢迎。由他作曲并演唱的越剧开篇《唱支山歌给党听》，更是声情并茂，荡气回肠，独领风骚。有人说他此曲唱得比范老师还要好听，青出于蓝胜于蓝，非虚言也。无论电视台称他为"越剧表演艺术家"，或越迷们夸他是"最杰出的范派小生"，都是史济华实至名归、当之无愧的荣誉。

2012年9月12日

浙江越剧二团的男声唱腔

20世纪60年代初，上海越剧院实验剧团到杭州胜利剧院巡回演出，第一台戏《红楼梦》的首场演出，我有幸坐在第一排观赏。精湛的表演，深深吸引和感动了杭州观众。演出结束，在暴风雨般的掌声中，全体演员登台谢幕。浙江越剧二团的10几位主要演员在演出队长、著名男小生江涛带领下，热情洋溢地拥上舞台献花。看着江涛把一束鲜花捧到"宝哥哥"史济华手中，看着浙、沪两位顶级越剧男小生的手紧握在一起，我心中无比激动。

当时浙江有两个省级越剧团：浙江越剧一团，女子越剧；浙江越剧二团，男女合演。我1957年到杭州读大学，毕业后又在杭州工作10年，我一直去看这两个剧团的演出。他们的每一出戏，我几乎都看过。我发觉，两个剧团各自独立，分工明确，从未见他们打过互调演员之类的"统仗"。两个剧团都很出色。最出色的是浙越二团，他们不但排演了《五姑娘》《党员登记表》《智取威虎山》《金沙江畔》《赵氏孤儿》等一大批优秀剧目，《斗诗亭》《半篮花生》等拍成了电影，《风雪摆渡》等灌成了唱片，而且机制健全，极富活力，出人出戏，深受观众喜爱，成了全国最好的一个男女合演越剧团之一。

浙越二团拥有一大批行当齐全的男女演员。男演员有小生江涛、田成效、何贤芬；老生方海如、郑瑞棠、吴兆千、梁永璋；花脸阮敏；丑角董荣富等。他们与上海史济华一样，都唱得很好听。他们和女演员们同心协力，把男女合演搞得生机盎然，有声有色，与女子越剧分庭抗礼，平分秋色。而浙江的越剧男女合演，起始于新中国成立初期，江华等越剧男演员要比上海史济华他们早出道好多年。上海和浙江相比，我觉得上海女子越剧虽占压倒优势，但男女合演则比浙江滞后、稚嫩。究其根源，无疑与浙越二团冲锋在前、辛勤耕耘、开拓创新密切相关。

在越剧男声唱腔方面，浙越二团进行了卓有成效的实践和探索，积累了丰富的经验。我感到最突出的，就是他们采用、丰富和发展了一种类似弦下调的男声唱腔，大家称之为"男调"。弦下调适于表达悲怆激越情绪，男调则更富阳刚之气，更适于男角的独唱和男女对唱。在浙越二团的演出中，男角普遍采用男调，并获得了成功。如《五姑娘》《斗诗亭》《智取威虎山》《金沙江畔》《风雪摆渡》等剧中的男声唱腔，大多或全部采用男调，都很好听，也很有越剧韵味，为越剧男调和男女合演奠定了坚实的艺术基础。

浙越二团的男演员也都十分重视学习和借鉴女子越剧的生角流派唱腔。如小生江涛在《南海长城·人民江山钢铁浇》中，创造性地学习和运用了范（瑞娟）派豪迈和徐（玉兰）派激越的声腔，老生郑瑞棠在《赵氏孤儿·描画》的大段唱腔中，创造性地学习和运用了张（桂凤）派挺拔和徐（天红）派苍凉的声腔，都唱得排山倒海，淋漓酣畅，动人心魄，令人难忘！

2012年10月10日

"越剧嘉年华"随感

2015年7月至8月，在上海越剧院60周年院庆活动中举办的"上海越剧嘉年华"，共展演34台大戏，我看了22台；全国汇聚申城的12家越剧院团，我都看遍。

上海越剧院作为本次嘉年华的组织者和东道主，我感到很称职，很出色。他们竭尽地主之谊，不仅为本次嘉年华提供了7台大戏，占总数1/5以上，而且为本次嘉年华提供了聚会、培训和排练的场地设施和交通工具。全国越剧院团长会议、福建芳华"越剧尹派青年人才培训班"和新版大戏《舞台姐妹情》，都顺利地在上海越剧院举行、举办和排练。从电视屏幕上看到上越李莉院长和福建芳华尹派传人王君安一起在大厅里站着吃工作午餐，有说有笑，亲密无间；看到周围演职员无拘无束，欢乐进餐；看到尹派青年人才培训班学员们在尹桂芳大师坟前默哀致敬，都令人鼓舞，深感温暖。

最显眼的演出，是上海越剧院方亚芬和绍兴小百花越剧团吴凤花跨团合作演出的袁范版《梁祝》。此剧最受欢迎，最具人气，有人说这是"跨团效应"，我看主要是凭实力。我认为，最好的袁派和范派，迄今为止，非方、吴莫属。

杭州越剧院很活跃。他们为了配合"越剧尹派青年人才培训班"的观摩活动，临时加演了一场尹派名剧《盘妻索妻》。他们的原创剧目《鹿鼎记》排定连演两场，这是本次嘉年华剧目单中之独一无二者。饰演韦小宝的范派小生徐铭很杰出。我感到，继绍百吴凤花之后，后来居上的范派，会不会就是杭越的徐铭呢？

福建省芳华越剧团的《柳永》和《玉蜻蜓》备受追捧，不得不临时各加演一场。他们的"越剧尹派青年人才培训班"是国家艺术基金资助项目，学员来自全国17个专业越剧院团，共计37人，王君安主教。芳华的业绩，令人刮目相看。

南京越剧团本团的经典保留剧目《柳毅传书》和"向戚雅仙、毕春芳老师学习剧目"《玉堂春》，都很精彩，都大受欢迎。他们的团长谦逊而恳切地说："你们上海和浙江是越剧的航空母舰，我们江苏和福建是越剧的两翼。"

《泪洒相思地》是越剧皇后姚水娟的代表作，这次温州越剧团演得很成功。该团金（采风）派花旦廖鸳鸯演唱的18个"我为他"，大大丰富和发展了姚水娟的唱腔，唱得令人震撼、注目、动容，大家陪洒一掬同情泪，全场掌声雷鸣。我对听得出神的剧场服务员说："我看了几十场演出，今天是第一次被感动得掉眼泪。真想不到，一个边远的越剧团，竟能唱得这么好！"服务员连连点头："是的，是的！"

对这次的男女合演，我有点失望。34台大戏，只有上海越剧院的《珍珠塔》和《铜雀台》，以及新版《舞台姐妹情》这三台是男女合演，我都看了，感到都演得很好。我还很想看一看专事男女合演的浙江越剧团，谁知他们的《牡丹亭》小生是女小生，基本上是一台女子越剧；他们的《李三娘》倒是男女合演，我兴冲冲等着去看，他们却"折戟沉沙"，"因故取消"，让大家去退票。这次排定的34台大戏，只有这台《李三娘》"因故取消"。这"故"，据说是"出票太差"。浙江越剧团前身是浙江越剧二团。浙越二团是当年全国最佳越剧男女合演示范团，我对它素来尊崇。岂料斗转星移，当年一面猎猎高扬的男女合演的旗帜，他们的后继者竟已落到这步田地，实在令人唏嘘！

8月15日晚，我和女儿、外孙、小侄儿一起，到上海大剧院观赏了汇聚当代越剧全明星的新版大型史诗越剧《舞台姐妹情》。这是本次越剧嘉年华的压轴巨献，也是越剧重创辉煌的新起点。

愿越剧的明天更美丽！

2015年12月14日

"越女争锋"和"越男争锋"

为全国越剧男票友擂台赛而作

"越女"一词，最早出现在2006年的"越女争锋"，专指越剧女演员。今冬即将举行的第3季"越女争锋"，增设了业余组，对象是越剧的女票友和女戏迷。"越男"是"越女"的衍生词，对象包括越剧男演员、越剧的男票友和男戏迷。这次嵊州市举办的《"相约越乡"全国越剧男票友擂台赛》，实质上是一场与"越女争锋"相对应的"越男争锋"，虽然只有"业余组"，暂缺"专业组"，但仍极具前瞻性和开拓性，很值得大家欢呼！

在百年越剧发展史上，男子曾起过很大的作用。早在1906年春，嵊州农村的草台和庙台上，出现了由清一色的"落地唱书"男艺人组成的"小歌班"，它标志着一种新的戏曲剧种——越剧的诞生。1917年，"小歌班"闯荡大上海，几经周折，在上海站住脚跟，涌现出一批著名男演员：小生王永春、张荣标、支维永；小旦卫梅朵、费翠棠、白玉梅、金雪芳；老生马潮水、童正初；小丑马阿顺、谢志云；大面金荣水等。1922年，"小歌班"更名"绍兴文戏"，在浙沪常演不衰。

1924年1月，上海出现了效仿京剧"髦儿戏"的"髦儿小歌班"，这是由一群小女孩组成的越剧女班。直至20世纪40年代初，随着全面革新的"新越剧"问世，越剧女班最终取代了盛行40载的越剧男班，发展成为流派纷呈、独领风骚的女子越剧，独步越坛10余载。

新中国成立后，一方面，如日中天的女子越剧迅速成长为京剧以下全国第二大剧种，并从上海走出国门，饮誉国际艺坛；另一方面，传承弘扬早期男子越剧的雄风，重新培植男演员，实行男女合演，提倡女子越剧和男女合演两条腿走路。在男女合演方面，当年的浙江越剧二团做得最为出色，上海也取得不少成绩，两地涌现出一批优秀男演员：小生史济华、江华、田成效、何贤芬、刘觉；老生方海如、郑瑞棠、吴兆千、梁永璋、张国华；大面阮敏、杨同时；小丑董永富等。他们的演出，与女子越剧一样，受到热烈欢迎。

20世纪80年代以来，各地对越剧男演员的扶持日渐放松。就以"越女争锋"为例，它原是仿效"超级女声"等收视率高、推广效果好的电视娱乐节目办起来的，但它没能像"超级女声"那样，同时举办"超级男声""加油！好男儿"直至"中国好声音"不再分男女，男女齐上阵。它的"越女"一词，年复一年地延用，历久不改，不但把"越男"拒之门外，还置"男女合演"于不顾，显出"女子越剧一统天下"的架势，却是莫大的失误，非常有失人心。而各地举办的"越迷争锋""越剧我来秀""越剧擂台赛"等赛事，都对"越女"和"越男"一视同仁，敞开大门，都很大气，毫不排斥异性，这次嵊州市的"全国越剧男票友擂台赛"，更高举"越男争锋"的大旗，这都是顺应民意、深得人心的壮举。

我有幸能以一个老越剧迷的身份，参加这场在越剧诞生地举行的"越男争锋"，感到无上光荣。我认为喜爱越剧的男子是很多的，"越男"们唱得也是很好的，演得也是很棒的，观众对他们也是很欢迎的，他们比"越女"们毫不逊色。我相信越剧男女合演一定会胜利，男演员和女

093

演员合作，一定会相得益彰，大家都发展得更好；而"越女"和"越男"这样的概念，也终将丧失使用价值，被送进"越剧博物馆"，作为历史陈迹供奉起来，用以警示后世！

2013年11月18日

我与钱进德

上

在我一生中,杭州大学的四年,留给我的财富最多,好朋友也最多。杭州大学越剧团的一批老同学,有不少是我的终生至交。例如钱进德,他是杭大越剧团乐队的一名秦琴手,入大学时才17周岁,比一般同学小两岁,中等身材,满脸灵气,大家把他看作小弟弟。他与我特别投缘,特别谈得拢。

进德比我高一届。他曾向我详细描述过杭大中文系教授们的风采,对恩师们津津乐道,赞不绝口。他说:"刘操南老师教《红楼梦》,对原著倒背如流,一首《葬花词》,信手写满一黑板,一边写,一边吟诵,直至泣不成声,我们都跟着他唏嘘流泪;陆维钊老师教司马相如的《长门赋》,边讲边画,满满一黑板,最后在黑板左上角用粉笔轻轻一画,一只'青鸟'就活灵活现地飞了出来,一块黑板,赫然成了一幅精湛的中国画,我们热烈鼓掌……这些精彩场面,你们不久就能欣赏到。"

有一次,杭大越剧团乐队的男同学们一起议论头牌花旦傅贻明,对她的才艺和豪气不乏倾慕之意。我一语惊人:"傅贻明就是矮了些。要是我个子不这么高,我会向傅贻明求爱!"进德将此语传给了贻明,贻明赞许我"很坦率",进德又将贻明之言传给了我。

进德对我推心置腹,私密之言也告诉我:"我有一位表妹,性情温和,对我很好,我们已确定了关系,等我大学一毕业,我们就结婚。这件事,现在还没有一个同学知道,因为我在学校里一直保密。王兄,等我成了家,我一定请你吃饭。"

1960年9月,进德大学毕业,分配到嵊县三界中学任教,不久与姚靖云女士喜结良缘。他们家在嵊县县城鹿山路上有一座较为宽绰的祖宅。

我比进德低一届。这年秋天,是我们毕业班四年级的第一学期,我们班的"越剧史编写小组"到越剧故乡——嵊县采访老艺人、查阅原始档案一个月,住在鹿山路北面的县文化局宿舍,与进德家靠得很近。进德知道后,十分高兴,决定践行读书时的承诺:请我吃饭。他说:"王兄,这次我是专请你一个人,再邀三位熟人作陪,吃起来闹猛些。"我:"你邀请了哪三位?"他:"一位是钱苗灿,你的同班;一位是潜苗金,我的同班,他现在嵊县甘霖中学;一位是盛静霞老师,她教我们先秦文学,我们都是她学生。"我:"盛老师现在是我们越剧史编写小组的指导老师。进德,你安排得很妥当!"

星期天中午的家宴极为丰盛,鸡鸭鱼肉之外,连当时极难买到的海蜇皮和咸梭子蟹都觅来给我们吃了。我们受到了进德家最高规格的接待。在食品奇缺的时期,筹办如此丰盛的家宴,是极不容易的。我们对进德的古道热肠和深情厚谊,高度赞赏,衷心感谢。

中

1960年秋,嵊县钱进德为我们举办的家庭盛宴,是一次"钱别"

宴。此后长达50余年，我与进德天各一方，音讯隔绝。直至2013年初，我们都已步入耄耋之年时，才又联系上，重续友谊。由于进德的热心和深情，近五年来，由嵊县进化而来的嵊州市，成了我常来常往的"第二故乡"，我在嵊州这片土地上，参与了一系列愉快的艺术活动。

2013年5月，进德安排我为嵊州越剧艺术学校学生作《一个老越剧迷的心声》讲座，邀钱志华、吴孝琰出席；带我和侄儿王耀清跟嵊州市越剧戏迷联谊会越迷朋友到施家岙古戏台交流演唱；介绍我和侄儿到绍兴拜访了潜苗金。这年，我80岁，进德75岁。

同年11月，进德夫妇送我和侄儿到嵊州东王村参加全国"越男争锋"赛，中午陪我们到他们小女婿亲戚家参加亲友聚餐。

2014年5月，进德邀请我和侄儿参加他们年级的越乡游，让我和侄儿在施家岙古戏台与嵊州越迷朋友一起唱越剧。

进德和张其昌是大学同班。越乡游时，我向进德打听："进德，你是我的好朋友。我还有一位更好的朋友——新登张其昌。怎么？他今天没有来？"随即，由他们班知情的老同学纠正："张其昌已经改名字了，现在叫张宝昌。"进德："我们班下一次活动，放在新登。"2017年春天，他们年级在新登聚会，名曰"老杭大学者新登考察团"。进德协助宝昌上网。二人商定：一定要请我和傅贻明参加。贻明患腔隙性脑梗，住进了敬老院。我单枪匹马，独自赴新登聚会。会后，我做二文《老同学的召唤》和《头牌花旦傅贻明（上）（中）（下）》。

2017年10月，"世茂杯第二届越迷艺术节——《越乡越情》全国越迷唱游嵊州活动"在嵊州举行。进德提前两月发短信给我侄王耀清："小王：你好！请转告你叔叔，我很想念你们，希望你们借此机会来嵊州一聚！"我先让侄儿网上报名、付款，然后给进德打电话："进德，我想给全国越迷做个越剧戚派讲座，能安排吗？"进德："王兄，请你先写个提纲寄给我，我请他们研究一下。"我很快写好《雅歌满江南，仙声传天下——戚派讲座提纲》寄给进德，进德发回短信："提纲写得很好，内容很新鲜，也很翔实。我想，只要有足够数量的戚派越迷，安排讲座大概没问题。"

半月后，进德又来短信，说他小女婿、嵊州市越承文化传媒有限公司总裁、艺术节组委会主任张宇翔告知：安排我为全国越迷做讲座已不可能。宇翔建议联系嵊州市越剧戏迷联谊会主任王超法，由超法安排嵊州越迷听我做讲座，宇翔可提供会场。宇翔四年前曾帮助其岳丈进德安排我到嵊州越剧艺术学校做讲座，这次对我又如此关心，我很感激。进德叫我直接打电话给超法。我表示很为难，因我与超法不太熟悉，我感到较难启齿。

后半夜三点多，电话铃响了："王兄，我睡不着。你也睡不着吧？"我："对，进德。"他："我知道你很为难。我想来想去，决定为老朋友两肋插刀，王超法那里，由我出面去联系，你就放心睡觉吧！"我："谢谢，进德，太谢谢你了！"

10月29日晚，"沪嵊越迷交流会"在嵊州国际大酒店成功举行。我和侄儿制成的纪录片《沪嵊越迷交流会》受到各方赞誉。王超法认为此片"是用了很大精力制作的，做得很好，值得收藏"。吕爱娟认为此片"视文（报道）组建精辟，写得好，'越艺长青，友谊长存'说得好，我们会永作留念，收藏了"！进德认为此片"内容丰富多彩，有的资料是十分难得而又珍贵的，今后不可能再有"。我和侄儿对纪录片的后期制作，历时两月，大改五次，小改数十次，尽心竭力，力争完美。进德赞扬我们："如此壮举，前无古人，不知是否能有后来者？"

我除了写《越艺长青，友谊长存——记沪嵊越迷交流会》外，还写了《耄耋至交王超法》，记下我与超法同志异常珍贵的友谊。

综上所述，我在 80 岁以后，还能遇上这么多乐事，全仗进德玉成，我万分庆幸。

下

2017 年 10 月 27 日，"沪嵊越迷交流会"在嵊州落幕后，我告诉进德："这次来嵊州，是我向你和嵊州越迷朋友们告别。以后我不会再来了，因我年事已高，走不动了，不能再出远门了。我希望你和弟妹明春来上海玩。这一次，你'为老朋友两肋插刀'，给我安排了这么好一场告别演出和演讲——'沪嵊越迷交流会'；明年你们游沪，我亦当'舍命陪知己'，全程陪同。"他："王兄，我们一定来上海。你知道，我夫人很喜欢看上海越剧，请你留心一下，能否买几场上海越剧票？看戏日子一到，我们立即赴沪。"

巧了，2018 年，正是上海星期戏曲广播会和上海越剧院联手打造的《锦瑟年华——上海越剧院新生代系列展演》年。这批新生代演员，刚从上海戏剧学院十年制本科班毕业，青春靓丽，流派纷呈，实力很强。3 月和 4 月，我看了前四场演出，觉得很精彩。5 月中旬，春暖花开，请进德夫妇来沪观剧，不是最好时机吗？于是，我买好了 5 月 18 日第 5、6 两场《锦瑟年华》戏票，每场 4 张，请我侄王耀清一起陪伴嘉宾。而邀请嘉宾游沪的提议，正是侄儿 4 年前在嵊州越剧艺术学校晚宴时当面向进德夫妇提出的。

我拨通电话："进德，我已买好两场越剧票，5 月 18 日下午一场，晚上一场，都是折子戏。这批本科生，年年都有实习演出，我都看了，深感根基深厚。2013 年第三季'越女争锋'，她们在'在校生组十佳'中占了七席。具体安排，我侄会发微信给你。"看了我们的安排，进德表示：

"太感谢了！一切按照你们的安排。我们 18 日头班车赴沪。"

5月18日，星期五，侄儿请假一天，一早，开着私家车把我接往上海南站。进德夫妇10点整抵沪，即驱车赶往云南路美食街"小金陵盐水鸭"店吃午餐，享盐水鸭、小笼汤包、老鸭粉丝汤。进德说："上海的小吃店就是很实惠，很好吃，也很便宜。我们那里就没有这样的小吃店。如果有，吃起来多方便呀！"

午餐毕，驱车到重庆南路建国路上海白玉兰剧场，日场 1:30—4:00，观看第五场"锦瑟年华"越剧折子戏《乾元山》《盘夫》《陆文龙·王佐说书》《孙安动本·修本》《何文秀·算命》《武松杀嫂》。观毕，驱车至南京西路黄陂北路"功德林素餐馆"晚餐。餐毕赶回剧场。夜场 7:15—9:45，观看第六场"锦瑟年华"越剧折子戏《西厢记·琴心》《赖婚记》《珍珠塔·跌雪》《桃李梅·风雨同舟》《陆文龙·王佐说书》《碧玉簪·归宁》。日、夜两场都有《王佐说书》，日场是女班，夜场是男女合演。进德说："上海越剧新生代演得不错。越剧，一定要唱流派。越剧发展到今天，一定要在流派的基础上加以发展。离开了流派，越剧不可能发展好！"

散戏后，驱车到国顺东路营口路凯丰时尚旅店。这里离我家较近，生活也较方便。安顿好嘉宾，侄儿驱车送我回家后，再驱车赶回他自己家。

第二天上午 10 点整，侄儿驱车送嘉宾到我家。一坐下，进德就说："王兄安排得真好。我们旅馆隔壁就是苏州汤包馆，我们进去吃了一碗小馄饨，很舒服。吃好刚回到旅馆，小王就来了。"我："我因腿脚不便，一切仰仗侄儿代劳。今天的早餐，我也只能由你俩自己去吃，不能处处奉陪，怠慢了！"

大家闲谈了近两小时，很休闲，很放松。弟妹看着我的藏书《中国越剧大典》，爱不释手。进德："王兄，这么大部头的书，你也买啦？"我："原价360元，我网购80元。"进德："小王，你能在网上帮我买一本吗？"侄儿："可以呀！我叫他们直接快递嵊州，你们回到家，就可以收到。"侄儿拨弄手机不到几分钟，就说："好了，买好了。"进德："钱呢？"侄儿："付了。"进德摸出80元给侄儿。侄儿："钱老师，你不要付了，我送给你们！"进德："这是我托你买的，你一定要收下！"我："耀弟，钱老师说得对，你收下吧！"侄儿："那好吧！"我取出"天堂牌"折叠伞一把、小首饰两件送给嘉宾，作为补送他俩的金婚贺礼。

中午12点，驱车到沙岗路国顺东路"深山老屋"徽菜馆午餐，清淡可口，边吃边聊，十分愉快。进德："王兄，你记忆力特别好，几十年前的事，你记得一清二楚！"我："鲁迅先生揭《三国演义》之短，说：'至于写人，亦颇有失，以致欲显刘备之长厚而似伪，状诸葛之多智而近妖'。我是不是也有点妖啊？"

下午2点，我送嘉宾登车，由侄儿驱车送嘉宾到吴泾他们的亲戚家。临别，进德："王兄，真有点恋恋不舍！"我："进德，弟妹，一路顺风，后会有期！"

四个月后，2018年9月中旬的一天中午，进德来电话："王兄，我要给你推荐一位徒弟，她要向你学习敲鼓板。"这位李燕君同志47岁，家住上海宝山区，是一位大学毕业的企业主。她应好友、嵊州越迷"君心"之邀，赴嵊州鹿山广场戏剧角唱越剧。午餐时听进德和嵊州越迷朋友夸我为人好，会唱，会写，又会敲鼓板，就决定请进德出面，介绍我和她认识。我做了一个多星期准备，编好了鼓板教材，凑齐了一套唱腔曲谱、光盘和推介文章，于9月24日上午，请李燕君同志和拉主胡的小蔡、演唱的小温一起来我家，练习了两个多小时。几天后，李燕君同志来电话："王老师，我看了你的文章和音像资料，感到你功力很深，令人钦佩。嵊州钱老师对你赞不绝口，感到有你这样一位好朋友，他很荣幸。我能结识你这样的老前辈，当面聆听教诲，也很荣幸！"我："谢谢你，小李！谢谢进德兄！谢谢大家抬爱我！我也很荣幸！"

2019 年 1 月 15 日

老同学的召唤

2017年，在我84岁、已不宜出远门的这一年里，我竟在杭州大学同窗好友钱进德和张宝昌的召唤和鼓舞下，出了两次远门。

第一次是3月27—30日，我以"越剧流派唱腔研究专家"的身份，参加了由40多人组成的"老杭大"学者新登考察团。因孩子们要上班，无人伴送，我只身一人，从上海乘长途汽车赶往晚唐文学家罗隐和越剧宗师徐玉兰的故乡——浙江新登，对那里的文化和生态文明建设进行了考察。这次活动，由新登当地著名文史学者张宝昌发起、组织、实施，得到杭州市富阳区新登镇各级领导大力支持。宝昌把我的参加，看成他"一件最高兴的事"。在28日大会发言中，我谈了一下越剧，谈了一下徐玉兰和戚雅仙，引起了与会学者的关注。地方志研究专家马向银当场问我："王老师，如果让你讲越剧，你能拿起来就讲一两个小时吗？"进德："怎么不能啊？老王前几年在嵊州越剧艺术学校，一口气就讲了一个多小时，非常精彩！"我："但是，要讲得比较好，必须事先做充分准备，还要先写个简明提纲，备忘。随便讲讲，不是不可以，但不能保证讲得有条理，有质量！"

著名诗人、教授方牧等同志希望听听我的戚派唱腔。于是，在第三天的午餐席上，我清唱了戚派《苏三起解》和《楼台会·记得那年乔装扮》，因唱得认真投入，大家听得很感动，很过瘾。饭后，有人拉住我说："老王，你唱得太好了，我们眼泪都掉下来了！"我："如果跟着伴奏音乐慢慢唱来，可能还要好些！"他："不。还是清唱好，原汁原味！"又问："你怎么唱得这么好啊？是不是与剧中人有类似的遭遇啊？"我："没有。我的人生道路是一帆风顺的，没有剧中人那样的悲惨遭遇。如果说我唱得比较感人，那纯粹是艺术的感染力，是戚派唱腔表现力所起的作用。"

我唱罢，进德站起来介绍："同志们，我和张宝昌、王云兴三个人，当初都是杭州大学越剧团的。张宝昌是团长兼导演，王云兴是敲鼓板的，我是弹秦琴的。整整60年了，我们一直都很要好。下面，我也来凑凑热闹，唱一段《唐伯虎点秋香》。"但只唱了一句"相爷堂内把话传"，第二句"顷刻庭中闹声喧"就忘了，怎么也想不起来，实在唱不下去。我很为他着急，但我又不熟悉这段唱，无法为他"提示"，只好说："进德，忘了不要紧，别唱了，坐下吧！"进德："我是为了反衬你唱得好，才站起来出洋相的呀！"我："多谢你的良苦用心啊！"进德："你唱得比我好，是你长期准备的结果呀！"我："你忘了台词，大概是准备不足，对不对呀？"进德："我一点也没准备过！"

第二次出远门，是出席同年10月29日在嵊州举行的"沪嵊越迷交流会"，由侄儿王耀清驾车伴我同行。我有两个身份："交流会主讲人"和"上海越迷"。我为这次交流会花了一些心血，我把它看成我一生艺术活动的总结。在交流会上，我以"主讲人"身份作了中心发言；在交流会"沪嵊越迷展风采"环节，我以"上海越迷"身份率先演唱戚派名剧《白蛇传·合钵》选段。返沪没几天，进德就在电话中告诉我："王兄，你在交流会上表现很出色，给嵊州越迷朋友们留下了很好的印象！"

可喜的是，进德作为交流会的主持人，也以"嵊州越迷"身份，上台演唱了《红楼梦·可怜你年幼失亲娘》，唱得很流畅，很有韵味，受到大家热烈欢迎。看得出，这次进德吸取了新登的教训，事先认真准备，做到了有备无患。我想：我的"曲不离口"的主张，是否对进德也起到了一定的作用？如果是，那我会很高兴。

"沪嵊越迷交流会"制成光盘、写成报道后，我特地给新登张宝昌寄赠了一套。宝昌是我们杭州大学越剧团团长，我理当向他汇报。

2018 年 3 月 13 日

耄耋至交王超法

耄耋至交，老年新交，机缘不多。我与嵊州市越剧戏迷联谊会会长王超法同志成为"耄耋至交"，一要归功于越剧艺术，二要归功于我的大学同窗好友钱进德牵线搭桥。

我与超法同志初识于2013年5月23日。第6版《现代汉语词典》释义：耄，八九十岁的年纪；耋，七八十岁的年纪。当时我年届八旬，超法比我晚出生10年，年届七旬，皆为耄耋老人。在进德同志精心安排下，那天下午，我按照约定到嵊州越剧艺术学校为学生做讲座《一个老越剧迷的心声》。进德和超法利用上午空隙，带领10几位嵊州越迷，陪我和侄儿王耀清到施家岙古戏台交流演唱。超法敲鼓板，十分娴熟。第二天，5月24日，我们叔侄由我的另一位大学同窗吴孝琰陪同游览新昌大佛寺。晚上我和侄儿到嵊州文化广场献唱越剧，超法等同志一直陪伴在我们身边。嵊州市越剧戏迷联谊会成立于2012年10月，只有半年历史。作为第一任会长，超法在送我回宾馆途中告诉我："王老先生，你比我大十岁，还这么热爱和关心越剧。我要向你学习，把越剧联谊会的工作搞好！"我从他身上，看到了一位退休老干部的凝重和干练，也看到了一位老农民的淳朴和热诚。一股真挚清纯的亲切感，在我胸中油然而生。

半年以后，2013年11月，我和侄儿参加嵊州全国越剧男票友擂台赛，超法专门驱车到东王村赛场来看我们。我把一包我学唱越剧的光盘和论述越剧的文章送给他。半年来，我曾陆续寄送过好几批关于越剧的资料给超法，请他向越迷们传播。我问他能否帮我们搞几张闭幕演出的戏票。他说："可以的，我明天送到你们宾馆。"第二天中午，超法驱车到宾馆，带来两场戏票各两张，还带来两份越剧彩照挂历，两罐高级龙井茶叶，送给我们叔侄。他惋惜而歉疚地说："你唱得很有韵味，他们至少要让你进入复赛，现在初赛就把你淘汰下来，他们太过分了！"我说："不碍事！"他还说："你给我的资料，我都在联谊会上传达了。同志们很喜欢听你演唱，也很喜欢看你的文章！"他又说："我们准备排几台大戏，先排《五女拜寿》，因为这个戏角色行当多，让大家多一些登台的机会。"他问我上海的越剧票价是多少，我说："一般最高580元，最低80元。"他说："我们下乡演一场，乡里付给我们一万元。"我说："蛮好嘛！"

又过了半年，2014年4月，钱进德在嵊州主办比我高一届的1960届杭州大学老同学"越剧之旅"，邀请我们叔侄参加，并要我先打个电话给超法，请他组织一场越剧联谊会的精彩演出。进德说："我已给超法讲过了，你再讲一讲，效果会更好！"果然，超法在电话中回答我："知道了，我尽努力办好这件事！"4月28日上午，我们参观好越剧诞生地东王村，赶到施家岙古戏台，已快10点半了。联谊会演员们早就赶到，做好了演出准备。见我们一到，超法就急匆匆迎过来问我："你们表演几个节目？"我说："四个，两个独唱，两个对唱。"超法："时间不够了，我看减成两个，一个独唱，一个对唱，你看可好？"我："好的好的！"我们的节目排在开头，我先独唱金采风的《碧玉簪·耳听得谯楼打三更》，再和侄儿对唱戚雅仙、毕春芳的《梁祝·十相思》。杭大老同学说我们叔侄"珠联璧合，唱得真好听"。节目主持人是联谊会秘书长吕爱娟。他们的节目很丰富，大部分是折子戏，服装和音乐都很美，演得都很出彩。唱得最好的是名票友卢美娟,她的清唱《红楼梦·金玉良缘》,全场倾倒。看得出,这台节目是经过充分准备的,比一年前的交流演唱精彩多了。这也显示出了嵊州市越剧戏迷联谊会的工作,有了飞速的进展。

一晃,又过了三年。2017年10月,钱进德告诉王超法:"王云兴叔侄准备搞一次沪嵊越迷交流会,请你组织嵊州越迷参加。"超法就像当年在电话中回答我一样,爽快地答复进德:"知道了,我努力办好这件事!"沪嵊越迷交流会于2017年10月29日顺利举行。超法和我并肩而坐,执手相向,喜上眉梢。他:"王老先生,我告诉我们的秘书长吕爱娟,说你要来嵊州办越迷交流会,请她组织一下。她说:'好的好的,王老先生3年前在施家岙留给我的印象很深刻,我一定把这次活动组织好!'"我:"超法同志,你这个首任会长,已做了五年了吧?"他:"这是我向你学习的结果。五年来,我们排了《五女拜寿》《花中君子》《玉堂春》《王老虎抢亲》《孟丽君》《皇帝与村姑》六个大戏,几十个折子戏,下乡演出93场,其中折子戏55场。"我:"成绩不小啊!那么,你的接班人培养得怎么样了?"他:"培养得差不多了。今年年底,我要退下来了。"我:"那我们以后怎么联系呢?"他:"我以后是联谊会的顾问,你有什么事,我还是可以给你办的。"我:"我明年底要出一本书《我与越剧》,①出版后,我想寄一批给你,请你分送联谊会同志们,可以吗?"他:"可以的。谢谢你了!"

2018年2月10日

---

① 此书已更名为《一个老越剧迷的心声》。

我第一次看越剧

　　我第一次看越剧，是在73年之前的1946年仲春时节。那时我13岁，刚进上海虹口区唐山路上的一座内衣厂当学徒没多久，在一个晚上10点钟下班后，我被几位师兄拉着奔跑到万国大戏院看"放汤戏"。所谓"放汤戏"，就是晚上散戏前半小时左右，戏院敞开大门，放大家进场免费看一会儿戏。万国大戏院在东长治路旅顺路口，离我们厂仅几百米远。为什么要"奔跑"呢？就是想跑得快点，多看点戏。我们赶到剧场二楼，站着看越剧《王千金祭夫》——后来此剧成为戚雅仙的代表作，更名为《血手印》。我们赶到时，戏已演到"法场祭夫"，台上十分热闹，十分紧张：小生大红囚服，背插"监斩"令牌，束手就缚，跪地候斩；花旦白衣白裙，鸣冤挥袖；老生黑衣黑帽黑脸，正气凛然，嗓音特别响亮。观众坐得满满当当，看得津津有味。我对剧情不甚了了，也不知这剧团之名称，只是因为戏院大门口的霓虹灯亮着"客满"字样和花旦、小生、老生三位主要演员的名字，我把她们牢牢记住了：陈兰芳、陈佩卿、钱妙花。

　　陈兰芳，当时21岁，当家花旦挂头牌，理所当然。但她后来进了玉兰剧团，又进了上海越剧院，就一直唱二肩旦。《红楼梦》初演时，她演宝钗；拍电影时，宝钗由吕瑞英演，她改演袭人。若与头肩王文娟和三肩孟莉英相比，陈兰芳都较逊色。后来，陈兰芳嫁给了著名编剧徐进，成了一名温厚的贤内助，也算不错。

陈佩卿，当时只有17岁，初出茅庐，当然不能挂头牌。但她后来进步很快，成了浙江小生台柱之首。她学唱徐玉兰《北地王·哭祖庙》，我的大学同窗钱苗灿在《浙江日报》载文，称她为《卿（青，陈佩卿）出于蓝（兰，徐玉兰）胜于蓝》。后来，陈佩卿曾反串祥林嫂，那时我不在杭，没能看到，只在收音机里听到她唱："人说道天大的罪孽都可赎了啊，却为何我的罪孽仍旧没有轻半点，轻半点呀？"音质厚实，感情真切，别具一格，与越剧大师袁雪芬一样令人震撼，感人至深。

钱妙花，当时26岁。她与袁雪芬同科毕业，是"四季春"科班培养出的优秀老生。在该班初期演出中，她与袁雪芬轮流挂头牌，在嵊、绍、甬、杭等地颇负盛名。来沪后，1936年与袁雪芬、王杏花录制了越剧史上第一张越剧唱片《方玉娘哭塔》。《红楼梦》初演时，她饰贾政；拍电影时，贾政由徐天红演，她改演长府官。她在古稀之年还与张桂凤、范瑞娟配演《李娃传·责子》中老家人宗禄一角，虽近乎"哑巴角色"，却浑身是戏，获得领导和同行专家高度评价。她在上海版《越剧发展史》中被列为13位越剧流派创始人之外的十大越剧名家之一，被誉为"德艺双馨钱妙花"。

钱妙花是家中长女，弟妹们都叫她"大姐"。她有一位同胞兄弟钱苗灿，比她小18岁，由她栽培到大学毕业。苗灿比我小4岁，是我杭州大学的同窗，60多年的好朋友。跨入耄耋之年后，我仍与他密切交往。他酷爱艺术，高考时曾拟考音乐学院，因大姐不同意，他才考了师范大学。他多才多艺，能弹（琵琶）能吹（笛子），能演能唱。他组织能力强，是杭州大学越剧团最杰出的一位团长。他是我的"伯乐"。我的越剧才艺，得到了他的理解、支持、赞赏和重用。20世纪70年代初，苗灿由浙江艺校调回上海，担任上海重点中学骨干语文教师，首批被评为中学高级教师。退休后，苗灿先后担任《上海越剧志》编委兼主要撰稿人，和上海版《越剧发展史》编委兼文字统稿，充分展示了他的语文功力。大姐于苗灿恩重义深。苗灿读大学时，大姐每月给他寄生活费。他还告诉我：他小时候，大姐出去演出，总把他带在身边。他把文旦皮扑在凳上当"板鼓"，筷子当鼓槌，敲得忘乎所以。我问他大姐在万国大戏院演出《王千金祭夫》他可知道，他说："那我一点也不知道。因为那时我已回到乡下，进小学读书；后来我才到上海读中学，跟大姐住在一起。"

2019 年 7 月 15 日

致好友钱苗灿函

老钱：

　　想不到，越剧诞生地东王村和女子越剧摇篮施家岙，都在你的家乡甘霖镇！

　　2013年5月23日下午，我为嵊州越剧艺术学校学生做讲座《一个老越剧迷的心声》。这天上午，我与侄儿王耀清，跟嵊州市越剧戏迷联谊会近十位同道，去施家岙古戏台交流演唱。他们认为我们叔侄都唱得很好，邀请我们当年冬天来嵊参加全国比赛。我说："我侄儿一定来参赛。我陪他来，不比赛，只作助兴演唱。"

　　2013年11月报名全国越剧男票友擂台赛时，嵊州经办方希望我能参赛。2012年12月26日，我在《致中学同窗高茂发贺年信》中写道："像我这样年近八旬的老戏迷，在日见衰老的垂暮之年，只可作助兴性表演，不可参与竞争性赛事。此类赛事，对我来说已不是'重在参与'，而是'不宜参与'矣！"但我又想，既然我人也去了，赛就赛吧，就算是我此生的最后一项赛事吧！比赛结果，我在今年11月27日《致台湾越剧皇后吴燕丽大姐函》中述及："这次嵊州市的'全国越剧男票友擂台赛'水平相当高，再次证明'男票友'并不比'女票友'逊色。我们为什么败下阵来？这是因为他们都是真正的票友，都是业余演员；而我们只是两个戏迷，两个爱看戏和爱唱戏的人，都没学过表演。他们赢我们，主要赢在表演上。如果不比做工，光比唱功，我们也许并不比他们差，并不在他们之下，不一定会名落孙山。"

第二天上午，赛事尚未结束，我们提前返沪。我们驾车还没开出嵊州地界，吴孝琰就来电，把《今日嵊州》头版新闻《香火堂前寻越根，稻桶台上唱越剧》中关于我的报道一字一句念给我听："小标题，《最大和最小的参赛者》，60名选手中，年龄最大的王云兴有80岁了，年龄最小的宋依能才5岁。80岁的王云兴精神抖擞，神采奕奕，他从小就是金嗓子，唱高亢的徐派最合适不过，但他偏偏喜欢悲戚凄婉的戚派。'我身高182厘米，如果不是这么高的个子，我早去越剧团做专业演员了。'王云兴是师范学校的语文老师，对不能从事越剧事业一直耿耿于怀，退休后全心全意投身越剧，这才了却心愿。他这次参赛曲目是《王老虎抢亲·寄闺》，那么高大伟岸的一位老人，站在台上一开口，却是地地道道的戚派味道。'重在参与，得不得奖在其次，毕竟年纪大了，金嗓子变破嗓子了。'"我听罢开怀大笑，久久不可抑制。我觉得这位年轻记者裘冬梅同志，认真听了我的叙述，读了我给她的书面材料，看了我的现场表演，为我撰写了这么一段夸张而有度、诙谐而友善、铺张而简练的文字，实在令人感动！

我的演唱时间是2013年11月25日晚9点多。唱毕，主持人问我第一段学会的越剧是什么，我说是《婚姻曲》。台下高呼："唱一段！唱一段！"我唱了其中四句慢中板："从前是父母之命不可违，媒妁之言毒如刀，门当户对像买卖，葬送男女多多少。"引起全场轰动。走下台，一位10岁小女孩拉着我问："爷爷，你怎么唱得这么好啊？"我不久要写一篇《东王村的小春花》寄《今日嵊州》。到时寄你赏玩。

这次从初赛进入复赛，分数线是9.5分。上海四位选手全军覆没：

我 9.4 分多；我侄 9.3 分多；另两位皆 9.1 分多。我认为，我们的大学同窗骆重信如能参加这次比赛，他定能进入复赛和决赛，成为"十强"、前三名、甚至冠军，因他除了唱功很好，做工又特别好，非一般业余演员所能企及。重信与我同庚。可惜他已离世两年多，走得太早了！

  报道中说我当教师时"对不能从事越剧事业一直耿耿于怀"，写得很风趣，表达效果也很好。记者妙笔生花，无可非议。但所谓"一直耿耿于怀"，却非实情。实情是：从教 40 余年，我一直致力于师范语文教学工作，同时乐于承担学生越剧兴趣小组的指导工作，在本职工作和业余爱好之间，我的心态一直很平衡。要说不平衡，那是在我退休十多年之后的 2011 年，我已 78 岁，参加上海"越剧我来秀"比赛。初赛时，我的伴唱者还没唱完，限定时间就到了，"叫停"铃一响，我没得到演唱的机会，就退出了赛场。我再三请求弥补，终遭拒绝。两年来，我对此确实有点儿"耿耿于怀"。此次嵊州归来，我终于"释怀"了，原因是我在赛程中得到了比较公正的待遇，我的演唱才艺也得到了比较充分的发挥。我感谢越剧的故乡。

王云兴
2013 年 12 月 28 日

东王村的"小春花"

　　浙江嵊州甘霖镇东王村，是越剧的诞生地。1906年3月26日，李世泉、高炳火等落地唱书艺人在东王村香火堂前，用4只稻桶和两扇门板搭起一座草台，进行了越剧首演，宣告了越剧的诞生。107年后的2013年11月25日，《"相约越乡"全国越剧男票友擂台赛》在这里拉开序幕。我以80高龄，成为这次擂台赛60名选手中年龄最大的参赛者。

　　初赛从下午1时进行到晚上10时。可供千人观看的香火堂前挤得水泄不通。男女老少脸上绽放着璀璨的笑容。我因抽签号码较大，到晚上近9时才登上稻桶台，高歌一曲戚雅仙的《王老虎抢亲·寄闺》，全场掌声雷动。女主持人现场采访："老先生，你平时唱越剧吗？""过去我经常唱，现在我每天唱一小时。""每天唱一小时啊？怪不得你80高龄了，身体还这么硬朗，越剧还唱得这么好听！""谢谢，不敢当！""那么，你爱上越剧有多少年啦？""我1951年就爱上越剧了，那年我18岁，到现在已经62年了。""你第一段学会的越剧是什么呀？还记得吗？""记得的，那是戚雅仙同志的《婚姻曲》。"台下高呼："唱一段！唱一段！""好的，我来唱四句，那是控诉旧社会包办婚姻的，让我们一起来忆苦思甜：'从前是父母之命不可违，媒妁之言毒如刀，门当户对像买卖，葬送男女多多少！'"

　　在一片欢呼声和鼓掌声中，女主持人扶我走下草台后，我走回演员休息室——那大概是香火堂的一间，位于东南方向。我刚坐定，就有一位小女孩向我扑来，拉着我的右臂问："爷爷，你怎么唱得这样好啊？""小朋友，你喜欢越剧吗？""我很喜欢越剧。有的越剧，我看了会哭的。""对呀对呀，我和你一样，也会哭。我看金采风唱《彩楼记》，妈妈劝她离开寒窑，跟妈妈回相府，金采风就这样唱：'人有志，竹有节，节节靠娘来成全！'一边唱，一边向妈妈跪下去。这时候，我心潮澎湃，不可遏制，眼泪就掉下来了。""哦！真的？""真的。小朋友，你几岁了？你想唱越剧吗？""我10岁。我很想唱越剧。""那很好啊，你就去考你们的嵊州越剧艺术学校吧，毕业以后，你去做个优秀的越剧演员，好不好啊？""好的！"

　　记得50年前摄制的故事影片《舞台姐妹》结尾处，有一位小女孩拉着刚演完越剧《白毛女》的竺春花的手，深情而由衷地赞叹："春花姐，你唱得真好啊！"这位小女孩叫小春花，是个虚构的剧中人物。真没想到，时间已过去了半个多世纪，我竟会在越剧的诞生地，在东王村，在草台板旁，在香火堂内，遇见了这么一位生活中真实的"小春花"！她的神情语气，跟电影里几乎一模一样。只是她比影片中的小春花多了几分欢乐，少了几分忧愁。她普通话讲得相当标准，表明她正在接受着正规的义务教育，是一位沐浴在阳光之下、朝气蓬勃的小学生。

　　愿越剧事业繁花似锦，愿越乡"小春花"茁壮成长！

2014年1月28日

女子越剧与髦儿戏

"髦儿戏",也称"毛儿戏",是19世纪末年产生的由一群十一二岁小女孩担纲在游乐场演出的"女子京剧",曾流行于沪、杭一带。受"髦儿戏"影响,上海大世界曾出现过"女子申曲""女子苏滩""女子宣卷"和"女子说书"等戏曲和曲艺班社。位于海宁路新疆路口的上海升平歌舞台前台老板王金水,受此潮流启发,于1923年在其家乡嵊县施家岙举办了第一副女子科班,主教老师为绍兴文戏男班名家金荣水。次年,第一副由施银花、赵瑞花、屠杏花组成的绍兴文戏女班来沪演出,打出的招牌是"髦儿小歌班",亦即"女子越剧"。不久,"髦儿戏"和所有以"髦儿戏"为榜样的其他女子戏班都烟消云散,迅即消失,唯独"女子越剧"不衰反盛,还成了中国第二大剧种和中国唯一以女性担纲演出的戏曲剧种。这是为什么?

从历史发展看,随着中国封建帝制被推翻,禁止男女同台演戏的局面被打破,京剧带头倡导"男演男,女演女","髦儿戏"这种"女子京剧",自然就被淘汰;"女子申曲""女子苏滩"和"女子说书"等,也自然就被沪剧、苏剧和评弹等所取代。而女子越剧为什么没能像"髦儿戏"等女子戏班那样,及时转向男女合演呢?依我看,有两个特殊原因:

首先，早期男子"小歌班"忽略了接班人的培养，到女子越剧兴起时，他们大多年事已高，不宜登台，转身成为女子科班的教师，把自己的技艺传授给了家乡的女孩子们。例如"小歌班"和"绍兴文戏"名家金荣水（1878—1957），一身绝技，能胜任各种行当，45岁起执教多个女子科班，"三花一娟"、筱丹桂、周宝奎、徐玉兰等女子越剧名家，均受过他的教益。他很可能在赞赏这批女弟子成为越剧接班人的时候，并没想到还须同时培养男接班人。

其次，上海观众通过比较，认定女子越剧胜过"小歌班"，对女子越剧形成了一种偏爱。特别是以袁雪芬为代表的女子越剧演员们，在繁华的大上海对越剧实行了全面改革，推出了耳目一新的"新越剧"，征服了上海观众。越剧姐妹们上下求索，还为年轻幼稚的越剧找来了两个"奶娘"。一个"奶娘"是昆曲，还有京剧；另一个"奶娘"是话剧，还有电影。女子越剧就是吸着两个"奶娘"的乳汁长大，并形成了"写意"和"写实"完美结合的独特风格。

女子越剧艺术家们经过艰苦卓绝的学习、吸收、创造和实践，攀上了一个又一个艺术高峰，奠定了越剧事业的坚实基础，确立了女子越剧不可动摇的历史地位。她们的艺术成就，令"奶娘"们也刮目相看。例如尹桂芳演《屈原》，田汉就认为她演得"不亚于赵丹"。赵丹更是对尹桂芳由衷赞叹："桂芳同志，你演得比我好啊！"昆曲大师俞振飞曾让友人为他写了个昆曲剧本《屈原》，正跃跃欲试时，却因尹桂芳的成功而改变了主意。他写道："观桂芳同志所演三闾大夫，刻画传神，深厚极致，余自愧莫及。"遂作罢论。

此外，袁雪芬的祝英台、崔莺莺和祥林嫂，范瑞娟的梁山伯，傅全香的敫桂英，徐玉兰的贾宝玉，王文娟的林黛玉，戚雅仙的王千斤，陆锦花的小方卿，金采风的李秀英，吕瑞英的小红娘，张桂凤的刘彦昌，周宝奎的玉林娘等，这些女子越剧舞台上熠熠生辉的人物形象，充分证实了女子越剧强盛的生命力和创造力,证实了女子越剧艺术家们无愧于越剧的两个"奶娘",无愧于时尚和潮流。

于是,女子越剧牢牢地站住了脚跟。

2016年5月15日

女子越剧风云榜

1906年，越剧诞生于浙江嵊州东王村，迄今已111周年。1917年，越剧从发源地嵊州进入发祥地上海，迄今已100周年。一部百年越剧史，虽有男班、女班、男女混演和男女合演之变迁，但从总体上看，终究还是女子越剧唱了主角。自1923年嵊州施家岙开办第一副女子越剧科班以来，女子越剧接连涌现出一批批风云人物。主要有：

1. 三花一娟。"三花"是女子越剧早期的三大越剧名旦施银花、赵瑞花、王杏花。"一娟"是稍后的越剧名旦姚水娟。姚水娟之后，又有后起之秀筱丹桂。当时有云："三花不如一娟，一娟不如一桂。"由此可看出一个新生的地方剧种——越剧奋发向上、迅速成长之轨迹。

最早"三花"中的第三花，是与施银花、赵瑞花同科的王杏花，她是越剧女小生的鼻祖。施银花是越剧"四工腔"创造者。姚水娟是"越剧皇后""女子改良文戏"创始人、越剧改革先驱者。

2. 越剧十姐妹。1947年暑假，袁雪芬利用各剧团歇夏，组织越剧界义演《山河恋》，主要演员有10位，世称越剧十姐妹。她们是：丹桂剧团筱丹桂、徐玉兰、徐天红；芳华剧团尹桂芳、竺水招、吴小楼；东山越艺社范瑞娟、傅全香、张桂凤；袁雪芬此时病休，在《山河恋》中演一位送信小丫鬟。

十姐妹中，有3位小生、3位老生、4位花旦。最年长的尹桂芳，1919年出生。最年轻的吴小楼，1926年出生。袁雪芬是越剧"尺调腔"创造者、"新越剧改革"倡导者、第一位越剧流派创始人。范瑞娟是越剧"弦下腔"创造者。

3. 越剧十二姐妹。1951年暑期歇夏期间，12位越剧名演员为抗美援朝捐献飞机大炮，联合义演《杏花村》一个月。当时，越剧十姐妹中筱丹桂已过世，剩下袁雪芬、尹桂芳、范瑞娟、傅全香、徐玉兰、竺水招、张桂凤、徐天红、吴小楼9人，加上戚雅仙、陆锦花、王文娟三位后起之秀，共12人，世称越剧十二姐妹。

4. 十三位越剧流派创始人。由袁雪芬、傅全香、戚雅仙、王文娟、张云霞、吕瑞英、金采风七位花旦，尹桂芳、范瑞娟、徐玉兰、陆锦花、毕春芳五位小生和张桂凤一位老生组成的十三位越剧流派创始人，都是在长期摸爬滚打中锤炼出来的，都是越剧风云人物中的精英，都是广大观众公认的，都不是自封的。她们的唱腔特色，分别是：袁雪芬，委婉细腻；尹桂芳，洒脱隽永；范瑞娟，凝重淳朴；傅全香，绮丽跌宕；徐玉兰，高亢激越；戚雅仙，情深味浓；陆锦花，舒展洒脱；吕瑞英，华丽清新；金采风，端庄秀婉；张云霞，清丽华美；张桂凤，刚健持重；毕春芳，明朗豪放；王文娟，情真意切。

另有三位老生的唱腔，也较有特色：商芳臣，苍凉遒劲；徐天红，高亢激越；吴小楼，豪放雄伟。

5. 十位越剧名家。"越剧皇后"姚水娟；"越剧西施"竺水招；"霜叶亦花"商芳臣；铁杆老生徐天红（徐天红有改演小生的条件，坚持不改，人称"铁杆老生"）；"越剧金少山"吴小楼（吴小楼嗓音如黄钟大吕）；德艺双馨钱妙花；"老旦王"周宝奎；"硬里子"金艳芳（"硬里子"，功底深厚）；"挑梁小丑"张小巧（挑梁，挑大梁）；"越剧名丑"屠笑飞。

女子越剧的风云人物，尤其是袁雪芬等越剧流派创始人，其徒子徒孙甚众，此不赘述。

2017 年 4 月 13 日

缅怀姚水娟

今年，2016年，是越剧名家姚水娟前辈100周年诞辰，也是她逝世40周年。

一部百年越剧史，就是一部改革创新发展史。袁雪芬是越剧改革的旗手，姚水娟则是越剧改良的先驱。袁雪芬领导的新越剧改革，就是在姚水娟越剧改良的基础上取得辉煌成果的。

袁雪芬没有忘记姚水娟。1962年拍摄越剧电影《碧玉簪》，袁雪芬让46岁的姚水娟由浙返沪，饰演李秀英之母。据说，姚水娟看完这部电影，放声大哭一场。有人问她为什么哭，她说："我高兴呀！我在上海的告别演出是《碧玉簪》，现在金采风比我年轻，舞台形象也比我好，我如果现在演，恐怕没有她这个效果。能够看到这个成绩，我对得起师父了！"金采风对前辈艺术家极其恭敬："姚老师本来是演李秀英的，现在演母亲也很好，分寸掌握得非常好，导演也感觉给她排戏很舒服。"20世纪80年代，在姚水娟70诞辰、逝世10周年时，袁雪芬专门为她举办过一场"姚水娟追思会"。会上，金采风说：她在演《碧玉簪》时和好几位演母亲的老旦配过戏，她感到都不及和姚老师配戏那么协调，那么丝丝入扣。

金采风的《盘夫索夫》很冒尖，好得无与伦比。但那也是得益于姚水娟的《盘夫索夫》，只是后来居上而已。新中国成立初，姚水娟作为浙江顶级越剧名家，演出频繁，金采风和黄沙夫妇曾专程赶往嘉兴观摩姚水娟的《盘夫索夫》，收获甚丰。1954年，在华东区戏曲观摩演出大会上，24岁的金采风和38岁的姚水娟，分别以《盘夫索夫》和《盘夫》同时荣获表演一等奖。60多年后，在接受《浙江戏剧名家》电视纪录片摄制组采访时，85岁高龄的"金派"创始人金采风诚挚而深情地说："姚老师的《盘夫索夫》真不错，她有她的风格，我演得太单一，她活跃多了，她演的严兰贞在台上好像活起来了一样。"

1957年，那年我考入杭州大学，加入了校越剧团乐队。高年级的龚雪峰同学听说我喜欢金采风的《盘夫索夫》，告诉我说："姚水娟的《盘夫索夫》演得更好，可惜现在她不演了，你看不到了！"但机会终于来了：1958年初夏的一天，我路过杭州胜利剧院门口，看见一块小黑板上写着4个大字："盘夫索夫"。上边一行小字："明晚7:30，只演一场"。下边一行小字："演员：姚桂芳等"。我问售票处："花旦是谁？"一位小姐操着苏州口音，不无得意地回答我："姚水娟啊！"我很激动，当即买下两张票，第二天和龚雪峰同学一起观赏。姚水娟确实演得出神入化，精彩绝伦。她在送曾荣"过府去拜寿"时，蹲下身子为夫君扯一下袍角。龚雪峰说："这个动作，金采风是没有的。"我说："我认为，姚水娟的做工比金采风好，金采风的唱功比姚水娟好。"龚雪峰说："老兄说得很对！"姚桂芳演曾荣很称职，她是姚水娟的过房女儿。拉主胡的高级琴师贺仁忠，是姚桂芳的老公、姚水娟的过房女婿。整场演出很完美，很成功。《盘夫索夫》是姚水娟的重点保留剧目，曾经长期演出，反复打磨，她演起来更驾轻就熟、得心应手。

纵览姚水娟一生，共60年，前30年艰苦卓绝，乘风破浪，特别是1938年1月，22岁的姚水娟赴沪创业，历时8年，成为公认的"越剧皇后"、越剧改良的先驱，实现了她艺术和人生的辉煌。1946年7月，30岁的姚水娟在沪告别演出，宣布息影舞台；10月，与楼某结婚。4年后的1950年，楼某去了台湾，留下两个女儿佩莹和佩华，由姚水娟独力抚养。1951年4月，35岁的姚水娟加入浙江越剧实验剧团。

1961年起，45岁的姚水娟担任浙江省戏曲学校旦角主教老师五年，该校第一批越剧花旦学员都出自她的手下，举手投足间都有她的影子。所有女学员都希望姚老师来教，她工作是特别好的。姚老师是浙江越剧表演专业教育的奠基人。

现在，姚水娟的铜像已与盖叫天、周传瑛等"前师先贤"一起，被竖立于浙江艺术职业学院校园里，供后人瞻仰。前几年我在嵊州参观越剧博物馆，只看见袁雪芬、尹桂芳、筱丹桂三尊铜像。我想，将来兴建的新的越剧博物馆内，总该增设一尊姚水娟的铜像了吧？

2016年4月14日

袁雪芬和傅全香

最卓越的两位越剧名旦袁雪芬和傅全香，是"四季春"女子越剧科班的同科师姐妹。进科班时，袁 11 岁，傅 10 岁。她们睡在地板上，袁没带席子，傅带了。傅说："你和我睡在一起吧！"两人同睡一条席子。后来，她俩同事终生，情谊地久天长。

1951 年春，在是否吸收傅进华东越剧实验剧团的问题上，领导班子产生了争议。当时剧团不缺这个档次的演员，因此不想让她进剧团。袁则坚持要她进剧团，认为吸收她进国家剧团，有利于增强国家剧团的艺术力量，不但对事业有利，也有利于她的进步。组织上接受了袁的意见。傅进国家剧团后，表现极佳，成了上海越剧院台柱之一和越剧"傅派"创始人，加入了中国共产党。

傅全香对师姐袁雪芬也极其敬重。她总是说："在科班学戏的时候，袁雪芬演的是小姐，我演的是她身边的丫头。"还说："袁雪芬的祥林嫂演得那么好，我比不上她！"袁、傅二人的祝英台，都演得极好。在《梁祝》问题上，她俩有一些矛盾。

《梁祝》这部戏，有几个发展阶段：最早的是 1919 年男班的《梁山伯》，有上、中、下三部。以后有姚水娟、竺素娥的《梁祝哀史》。1940

年马樟花和袁雪芬、1944年袁雪芬和范瑞娟的《梁祝哀史》，都做了一些修改。1945年袁、范的《新梁祝哀史》，作了更多修改。1946年以后，袁雪芬致力于祥林嫂和崔莺莺等艺术形象的创造，不再扮演祝英台。1949年以后，傅全香取代袁雪芬饰演祝英台一角。1951年，《梁祝哀史》做了重大修改，定名为《梁山伯与祝英台》。傅全香凭祝英台一角，取得1952年全国会演一等奖。1955年出访民主德国和苏联时，祝英台仍由傅全香扮演。按照常规常理，1953年拍摄彩色影片《梁山伯与祝英台》，主演应是范瑞娟和傅全香，可是却换成了袁雪芬和范瑞娟。这使很多人想不通。

傅全香对此很少怨言，只在谈到科班学艺经历时，才半开玩笑、轻描淡写地插了一句"我常常上袁雪芬的当"，似是影射电影《梁祝》这件事。

袁雪芬的谦让精神和对师妹傅全香的一贯呵护，令人感动且动容。但对袁、范版《梁祝》的欢呼声和赞叹声，从未止息。袁雪芬健在时，上海戏剧学院教师韩婷婷就认为袁、范版《梁祝》非常好，为了给这个版本应有的地位，她筹演了袁、范版《梁祝》交响演唱会，十分轰动。袁雪芬逝世几年后，上海越剧院复排了方亚芬和"绍百"吴凤花主演的袁、范版《梁祝》，成为2015越剧嘉年华最受欢迎的一台戏。

我看过无数遍彩色越剧电影《梁山伯与祝英台》。只要在我周围放映，我总去看，从不放过。记得20世纪60年代初，在我工作的杭州师范学校附近的杭州文二街露天电影场，接连十几晚放映此片，我每晚去看，百看不厌。2013年5月，我在给嵊州越剧艺术学校学生做讲座时说道："越剧，靠嵊县的父老乡亲把自己的女孩子送到上海，发展得这么好。而且有的人是英雄啊，比如袁雪芬就是英雄，不是英雄，唱不到这么好。有人说傅全香唱得比她好啊！我说好是好啊，傅全香也是100分，袁雪芬是100.05分，那就超过她一点点，并不是讲傅全香不好。"我在讲这些话时，脑子里闪过的就是电影《梁祝》中祝英台鲜活纯真的艺术形象。我感到傅全香比不上她。当然，傅全香也有傅全香的"绝活"，她的敫桂英、刘兰芝和李亚仙，与袁雪芬的祝英台、崔莺莺和祥林嫂，并立于艺术殿堂，相映生辉，永昭后世。

袁傅姐妹情深，千古传扬！

2017年6月10日

傅全香的点点滴滴

2017年10月24日，当年轰动上海滩的绝代风华"越剧十姐妹"中最后一位越剧宗师傅全香先生仙逝。傅先生的一生，是一座丰富的艺术宝库。本文，是关于傅先生的点点滴滴。

傅全香9岁入"四季春"科班，与师姐袁雪芬合铺而卧。练功，学戏，"串红台"（连排、实习演出）半年多，即赴各地边学戏，边演出。幼小的傅全香首次登台，是在《三仙炉》中饰一个小丫鬟。师傅鲍金龙把门帘一掀，她刚跨出上场门一步，见台下黑压压一片人头，心一慌，"哇"的一声哭了出来，头一缩，退回后台。师傅朝她屁股上狠狠一脚，把她踢到舞台中央。她乱了阵脚，把急匆匆上楼报信的方向走反了。台下开了锅："这只小猢狲，昏头昏脑，把上楼下楼调错了！"这可把她叫醒，使她不慌不忙地退到上场门，边跑圆场边唱："可恨夫人黑良心，要把小姐图赖婚，要把姑爷送官办，我急急上楼来报信。"她嗓子好，又拼了命唱，顿时引来个"满堂彩"，首演大获成功。

一次，在河边草台上演出，戏台只有几块木板，面积很小。傅全香因人小，又顽皮，一个筋斗翻入水中，观众忙把她抱起来送回戏台。

女子越剧原来不论生、旦，一律用大本嗓演唱，分不清男角和女角。

傅全香和范瑞娟这对黄金搭档，致力于声腔改革，使唱腔的"女性化"和"男性化"有了明显的区别，成了越剧声腔改革的样板。范瑞娟憨厚朴实、凝重大方、明亮豪放、富于男性气概的唱腔，独树一帜。傅全香真假声结合的"莺声"发声法和"真声假一点，假声真一点"，令人耳目一新。

新中国成立初期，越剧新秀戚雅仙缺少搭档，傅全香把自己剧团东山越艺社二肩小生毕春芳推荐给戚雅仙。20世纪80年代，傅全香告诉青年演员钱惠丽："喏，这个瑞金剧场，是戚雅仙和毕春芳常年演出的地方。那时候，我天天乘公共汽车经过这里，常常看到挂出'客满'的牌子！"傅先生对同行姐妹的成功，流露出由衷的庆幸、赞美和喜悦。

傅全香和袁雪芬姐妹情深，不仅在1953年拍电影《梁山伯与祝英台》时为袁雪芬"让银幕"，而且在四十年后的1992年拍电视片《徐玉兰艺术集锦》时，还为因"苍老"而难上镜头的师姐袁雪芬的《西厢记·酬韵》配音像，实现了袁雪芬的宛转莺声和傅全香的袅袅倩影最完美的结合。

1979年第一个越剧流派演唱会——尹桂芳越剧流派演唱会，就是按傅全香的提议而举行的。

1999年，陆锦花匆匆回沪办理退休手续，除做了一档电视节目外，还与傅全香合影留念，照片刊于《新民晚报》。在文字报道中，傅全香说："当初拍《情探》，妹子（陆锦花）唱得太好听了！我听得入了迷，连自己的唱词也忘记了！"深情厚谊，溢于言表。

傅先生晚年最钟爱的学生盛舒扬，在为恩师守灵时回忆："记得那时傅老师总爱叫我们来家里吃饭，她打开冰箱，里面大多是速冻食品。而小时候怎会这么馋，总是吃得那么香。细想起来，她几乎把所有时间都投身于艺术与教育，哪有时间和精力研究烹饪？若非爱护外地住宿的小辈，我猜那些锅碗瓢盆她是很少会去关心的。除此之外，她还会在排练厅里给我们分发小零食，印象最深的是盐津枣，满满一袋子被我们全抢着吃完了……而此时此刻，我多么希望再当一回那个傻傻等着吃饭的孩子啊！"

1982年，宁波越剧团排练《钗头凤》，特邀傅先生莅甬教戏。火车抵甬时，市领导派专车接傅去宾馆。车到宾馆，傅一看，坚持不肯下车，说："我是来教戏的，不是来享受的。你们剧团在哪儿，就送我去哪儿。我要和小洪住在一起！"傅门弟子洪芬飞当时深受震动。傅先生逝世后，洪芬飞回忆："那时候，剧团条件差，傅老师和我同吃同住一星期，让食堂简单烧点菜给她吃。"

2001年，傅先生向10多位傅派弟子颁发了"小先生证"，这些弟子被戏称为"授牌的傅派传人"。傅先生离世后，已从浙江乐清越剧团退休的傅派"小先生"张腊娇带着自己的学生一起来沪祭拜老师。如今，张腊娇的学生也已开始带徒弟了。

谈到越剧的改革与发展、传承与创新，傅先生的遗训，我们必须永远铭记："不管怎么改革，必须保持、丰富、发展越剧固有的特色，而不能丢掉这种特色。我们要的是'推陈出新'，绝不是'推倒重来'！一句话：不管怎么改，越剧必须是越剧！"

2017年11月15日

越剧三大名小生

2017年2月17日,93岁的"梁兄"范瑞娟化蝶而去,人们叹息:"越剧十姐妹"只有傅全香、徐玉兰二人硕果仅存!一转眼,4月19日,96岁的"宝玉"徐玉兰驾鹤西归,人们再次叹息:"越剧十姐妹"只有傅全香一人硕果仅存!

在祭"梁兄"、悼"宝玉"之余,不禁想起越剧三大名小生尹桂芳、范瑞娟和徐玉兰,以及她们塑造的三大艺术形象梁山伯、贾宝玉和张生。

范瑞娟的表演艺术,不仅是越剧小生的基础流派,而且还具有"厚道"之典范意义,无论唱腔还是人物,都给人以醇厚道德之感,"呆头鹅"梁山伯这个角色最具代表性。尹桂芳、徐玉兰演梁山伯,虽都很轰动,但都比不上范瑞娟,都不能像范瑞娟那样做到演员和角色合二为一,达到人戏不分的境界。范瑞娟和袁雪芬长期同台演出《梁祝》,珠联璧合,丝丝入扣,堪称"绝配"。她俩主演的越剧电影《梁山伯与祝英台》,是越剧史上的一座丰碑。

徐玉兰的贾宝玉,真是演活了。徐派唱腔高亢激越,跌宕起伏,表演奔放、明快、洒脱。她和王文娟是越剧舞台上难以逾越的"宝哥哥"和"林妹妹"。她俩主演的越剧电影《红楼梦》,是继越剧电影《梁山伯与祝英台》之后,越剧史上的又一座丰碑。前些年上海搞了赵志刚、方亚芬主演的尹、袁版《红楼梦》,近来福建又复排了陈丽宇、郑全主演的芳华版《红楼梦》,它们在徐、王版《红楼梦》面前,皆黯然失色,无可比肩。

越剧《西厢记》中的张生,尹、范、徐三大小生都演出过。在1952年全国戏曲观摩演出大会上,徐玉兰凭张生一角获演员一等奖。在1954年华东戏曲观摩演出大会上,范瑞娟也凭张生一角获表演一等奖。

1955年中国越剧团出访苏联和民主德国时,带去的主要剧目是范瑞娟、傅全香的《梁山伯与祝英台》和袁雪芬、徐玉兰、吕瑞英、张桂凤的《西厢记》。演员阵容以上海越剧院一团为基础,主要演员只有徐玉兰一人从二团调拨过来。

袁雪芬在《阳刚之美——范瑞娟表演艺术之我见》一文中写道:"记得苏联戏剧专家叶夫茨卡娅曾经说过这样意思的话:范瑞娟的表演告诉观众我是一个男的,让人相信她是一个男的;而徐玉兰的表演则告诉观众我是一个女的,扮了一个男的。这两种风格很鲜明,你们是不是有意这样要求她们的?"袁雪芬认为:"这是一个很有意思的话题,它涉及评价艺术家各有千秋的艺术风貌问题。"

访问回国后,先在北京汇报演出,人们对《梁祝》赞不绝口,对《西厢记》好评如潮。也有专家指出徐玉兰的不足:张生满台飞,演得太过。不久回沪汇报演出于人民大舞台,我看到,徐玉兰演得稳些了。

尹桂芳于2000年去世,终年81岁。我在上海丽都大戏院看过芳华越剧团的《西厢记》,觉得尹桂芳的张生演得最儒雅,最潇洒,最得体,在越剧小生中独占鳌头。尹桂芳没参加1952年全国戏曲观摩演出大会。1954年华东戏曲观摩演出大会她参加了,得了表演一等奖,但参演剧目是《屈原》,不是《西厢记》。所以,当时北京的上层领导可能还不太清楚尹桂芳演张生演得最好。直到20世纪60年代初筹拍越剧电影《西厢记》时，才拟定袁雪芬饰莺莺，尹桂芳饰张生，傅全香饰红娘，张桂凤饰老夫人。此计划如果实现，那将是越剧史上的又一座丰碑。可惜未能实现！

2017 年 5 月 14 日

经典越剧《西厢记》终上银幕

上海越剧院四大经典保留剧目《梁山伯与祝英台》《西厢记》《红楼梦》《祥林嫂》，三部早已拍成电影，流传海内外；唯《西厢记》"难产"，迄今未上银幕。

据袁雪芬回忆，20世纪60年代初，曾计划拍摄越剧电影《西厢记》，由袁雪芬饰莺莺，尹桂芳饰张生，傅全香饰红娘。崔夫人由谁饰，袁雪芬没有说。我估计总该由张桂凤饰吧？那时，她们都40刚出头，都处于艺术生命的巅峰。

21世纪初，在放映由郑国凤、王志萍主演的经典版越剧电影《红楼梦》期间，报上登出一条消息：由方亚芬、钱惠丽、张永梅主演的越剧电影《西厢记》即将开拍。那时，她们也都40刚出头，处于艺术生命的黄金期。但消息发布后，过了好多年，总无下文。

前几年，我曾与越乡嵊州的越迷朋友们聚过几次，他们问我："上海越剧院的《西厢记》说了要拍电影，为什么很多年过去了，到现在还不拍？"

我说："会不会是由于上海和浙江的《西厢记》究竟哪一个好，一时定不下来呢？"

嵊州越迷不加思索，脱口而出："那是上海《西厢记》好多了！"

我也说："浙江有两部《西厢记》，一部是浙江越剧一团金宝花、高佩、张茵、屠笑飞主演，分饰张生、红娘、莺莺、崔夫人，曾经拍过电影；一部是浙江小百花越剧团茅威涛、陈辉玲、何英、董柯娣主演，分饰张生、红娘、莺莺、崔夫人，出过碟片。我都看过，我感到都比上海《西厢记》难看多了！"

嵊州越迷问："那么，上海《西厢记》为什么不拍电影呢？"

我说："那时有的理论家可能头脑发热，也可能投机追风，鼓吹浙江《西厢记》代表越剧的明天，上海《西厢记》代表越剧的昨天。一个'创新'，一个'守旧'。要拍电影嘛，总不能去拍'守旧'的吧？如此'高论'，可能搅乱了电影制作方的视线，使他们举棋不定，把一部高质量的上海越剧电影《西厢记》拒之门外。"

现在好了，迷雾散尽，前进车轮再启——2015年9月17日，报上发消息：越剧3D电影《西厢记》定于今年9月底完成拍摄，接下来后期制作，预计明年上映。好在几位主演方亚芬、钱惠丽、张永梅、吴群还当盛年，最年长的钱惠丽没超过52岁，最年轻的吴群还是位青年演员。他们都是当今最优秀的越剧流派传承人。我想，在电影中，她们一定能闪耀出袁雪芬、徐玉兰、吕瑞英、张桂凤的高超卓绝的艺术华彩。

2015年11月15日

金采风在《碧玉簪·归宁》中的一段唱

上海越剧院的金采风，祖籍浙江鄞县，1930年生于上海，1946年考入雪声剧团训练班，1951年随袁雪芬、范瑞娟、傅全香、张桂凤等加入华东戏曲研究院越剧实验剧团，该团于1955年组建为上海越剧院。金采风是新中国成立后涌现的著名越剧表演艺术家，她创立的"金派"，是公认的13个越剧流派之一。"金派"的唱腔特色，是高贵典雅，抑扬顿挫，婉转回荡，20世纪五六十年代，在工人、农民和大中学生中广为传唱；在当今越剧界，屡见金派传人，如杭州越剧院谢群英，上海越剧院樊婷婷、史燕彬，温州越剧团廖鸳鸯等。

金采风的代表作有《盘夫索夫》《碧玉簪》《彩楼记》等。《碧玉簪》于1962年摄制成彩色电影。金采风在《碧玉簪》中饰李秀英，极其出色。她在该剧中的著名唱段，除《三盖衣》外，在前一场《归宁》中还有一段"女儿是娘亲生来娘亲养"，也极为动人，极为精彩。那是李秀英结婚满月，刚回到娘家，接到丈夫王玉林"原轿而去，原轿而归"的书信，满心希望夫妻重归于好，瞒着"夫妻失和"的真相，哭着拜别慈母，在"叫头"之后，她唱了十二句尺调慢清板：

（叫头）母亲！娘！娘啊！

（唱）女儿是娘亲生来娘亲养，

有长有短总好商量。

女儿若有事做错，

啊，娘啊娘你也肯来原谅。

女儿嫁到王家只一月，

那婆婆虽好怎比得堂上亲生娘。

我夫妻虽然也恩爱，

怎比得亲娘你能知儿痛痒。

夫妻失和儿受苦，

还要怪你娘亲少教养。

娘啊娘你今日放儿回家去，

到来日，我双双对对来望亲娘！

这段唱，体现了李秀英极其复杂的内心世界：一边面对不明真相的慈母的真情挽留，一边面对无情丈夫的严词逼归，是去是留，务必速作抉择。她觉得只有母亲才"有长有短总好商量"，于是决意"别母归家"，以利夫妻和好。但她又极不忍心让慈母太伤心，就千方百计阐明自己顺从丈夫，是为了避免"夫妻失和"，乞求母亲原谅，期许"到来日，我双双对对来望亲娘"。此刻，她内心的痛苦、焦灼、无助和压力，达于极点。诉诸唱腔，是高亢，是激越，是断，是续，是撕肝裂胆，是泣不成声。

此段的"叫头"特别长，旋律由低到高，再由高到低，节拍多处休止，表现哭号和抽噎，营造浓郁的悲痛气氛，一开头就抓住了观众的神经。

唱词前四句讲母亲好：亲骨肉，"有长有短总好商量"；女儿即使做错了事，母亲"也肯来原谅"。

唱词中间四句通过"婆婆虽好怎比得堂上亲生娘"，夫妻即使恩爱

"怎比得亲娘你能知儿痛痒"的对比，暗示秀英怕得罪婆婆，怕得罪丈夫，不得不母女一见面就拜别慈母，恳求慈母体谅女儿的苦衷。行腔委婉恳切，扣人心弦。对第八句"怎比得亲娘你能知儿痛痒"中的"亲娘"二字，演唱时增加了几个曲折绵长的花腔，强调和突出了秀英对母亲的深情和热爱，唱得十分出彩。

　　唱词后四句坦露秀英心迹：若不"原轿而归"，恐会"夫妻失和"，非但她会"受苦"，同时"还要怪你娘亲少教养"；若"今日放儿回家去"，夫妻和睦，"到来日，双双对对来望亲娘"，岂不更好？这段唱始终带着悲苦的哭泣声。而到了最后两句，演员几乎是哭着演唱，还对最后一个"娘"字超常规地延长了节拍，使用了很多悲声，唱得排山倒海，震撼人心，把全曲推到高峰，听得人无不热泪盈眶！

2017 年 2 月 14 日

越剧宗师范瑞娟的丧事

著名越剧宗师、越剧"范派"创始人、"越剧十姐妹"之一的范瑞娟先生，于2017年2月17日病逝，享年93岁。至此，"越剧十姐妹"只有傅全香、徐玉兰二人硕果仅存。

记得去年秋天，90高龄的越剧表演艺术家毕春芳逝世，就只有亲属、学生、同行和媒体出席遗体告别仪式，只有长子一人致"告别词"，对父母的"喜结良缘"和母亲给社会带来的"正能量"等，赞美了几句。其余就是媒体对学生和亲友们的采访。不开追悼会，不致悼词，操办主体是逝者家属，丧事办得很感人，令人耳目一新。

范瑞娟先生的丧事，由她的长子陈晓宏、次子陈晓跃等家属商议操办，确定了"按照母亲遗愿，不开追悼会，不设灵堂，一切从简，遗体告别仪式仅限亲属参加"的原则。这原则，在实施过程中又进行了补充和调整。

范先生病危期间，晓宏、晓跃兄弟俩多次与上海越剧院商量母亲的后事。2月17日，范先生逝世当天，越剧院发布《讣告》，对范先生丧事表述如下："因家属遵循范瑞娟同志遗愿，不举行追悼仪式，不设灵堂，不接受花圈、花篮。"其中"不接受花圈、花篮"是新增的，是"一切从简"原则的具体化，这就把一条"难免兴师动众、劳民伤财、流于形式"的渠道堵了起来。但是"不举行追悼仪式"却留下漏洞，人们会想："遗体告别仪式总要举行吧？我们去参加！"

大概为了堵住这个漏洞，第二天《新民晚报》在范先生逝世的专题报道中宣布："多年前她就立下遗嘱，不举行任何告别仪式，不设灵堂，家属表示希望大家能够理解和支持。"这里的"不举行任何告别仪式"并非实话，因为家属向遗体告别的仪式，肯定是要举行的。为什么不实说呢？那可能是出于家属的无奈：他们深感压力很大，只好说，"什么告别仪式都不举行了！"对此善意谎言，没必要加以指责。

悄悄地，一场由范先生的儿孙以及亲族代表、范派弟子代表、全国各地戏迷代表和家乡代表共数十人参加的遗体告别仪式，于2月21日上午在上海龙华殡仪馆海棠厅如期举行。大厅横额是"告别母亲"四个大字。对联是"德艺双馨励门生，忠孝两全示后人"。遗像两侧摆放着长子陈晓宏和次子陈晓跃敬献的两个大花篮。大厅里没有其他花圈和花篮，没有媒体参与，没有记者采访，比毕春芳的告别仪式更简单，规模更小。

范先生生前叮嘱："你们也不要为我哭泣！"告别时刻，大家心中暗说："范老师，对不起，眼泪还是没能忍住，我们违约了！"还说："范老师，你就允许我们流一流眼泪吧！"

长子陈晓宏在告别词中说："妈妈，你的教诲我们终生不忘，对你而言，'戏比天大'，今天与你做这样的告别，希望完成了你最后安静离开的愿望！"

第二天一早，晓宏、晓跃兄弟俩带着他们的孩子，驱车三个半小时，赶回家乡嵊州市，说一声："感谢！感谢家乡为母亲所做的一切！"

接待他们的嵊州市副市长俞忠伟说："得到范瑞娟老师离世的消息后，嵊州市委市政府主要领导第一时间就委派我代表市委市政府和家乡人民，前往上海吊唁。（按：俞副市长专程赶往上海范先生家中，把嵊州市委市政府的《吊唁函》送至范先生儿子们手中。）母亲的品性很大程度上决定了孩子的品性。今天两位在刚刚操办完母亲的丧事后，立即赶回嵊州，代母亲感谢家乡，让我们感受到了范老师的高风亮节和高贵品德，我们很感动。范瑞娟老师是嵊州的女儿，嵊州的骄傲，我们只是做了家乡人应该做的事情。"

为了遵循母亲"不给政府添麻烦"的遗训，时近中午，他们谢绝了为他们准备的便餐，短暂会面后，握手道别，踏上返沪归途。

尽管范先生的丧事"一切从简"，但是对于她的纪念活动却蓬勃展开。嵊州艺校和浙江各地纷纷举办《范瑞娟老师追思演唱会》。2月17日，上海越剧院在《讣告》中表示：剧院将择日举行范瑞娟同志追思会及纪念演出。3月10日，上海越剧院离退休党支部召开范瑞娟先生追思会。3月31日和4月1日，江、浙、沪9代范派弟子联袂同台，在上海大剧院隆重举行《风·范——越剧宗师范瑞娟纪念演出》。4月2日，各界在上海文艺会堂举行《风·范——越剧宗师范瑞娟追思会》。4月7、8、9日，在天蟾逸夫舞台举行范派经典剧目《李娃传》《孔雀东南飞》《梁山伯与祝英台》纪念演出。一代宗师范瑞娟先生的表演艺术，定将和越剧事业一起，发扬光大，永恒流传。

2017年4月10日

看越剧的遭遇

自1951年18岁开始,戚雅仙《婚姻曲》的演唱和尹桂芳《相思果》的演出,引领我爱上了"唱越剧"和"看越剧"。越剧这项业余艺术爱好,亲密地陪伴了我漫长的一生,给我的生活带来了欢乐和华彩,为我的生命增添了活力,促进了我的健康与长寿。"唱越剧",我是很自由的,主动权完全掌握在我自己手里。我决心把越剧唱到生命的终结。"看越剧"则要受客观条件限制,不能想看就看,有时会坐失良机,无法挽回,造成终生遗憾。

1953年20岁时,我在苏州读速成中学,趁元旦放假之机,我托上海好友黄勇买了两张12月31日夜场上演于丽都大戏院的尹桂芳《何文秀》的戏票,拟乘下午火车返沪观看。谁知这天晚上举行文艺会演,我们必须参加,只能改乘深夜火车回沪。我提前把戏票寄回上海,让家里人去看。第二天清晨回到家,两位代我们看戏的亲戚告诉我:"《何文秀》真好看,尹桂芳演得特别好!"此后尹桂芳再没演过此剧,我无缘观赏,终生遗憾。

1955年秋天,我22岁。当时袁雪芬、范瑞娟、傅全香、徐玉兰、张桂凤、吕瑞英、金采风等携《西厢记》《梁祝》《打金枝》《拾玉镯》等戏，赴民主德国和苏联访问演出，留在上海越剧院的两位著名演员——一团陆锦花和二团王文娟，排练了新戏《晴雯之死》，于年底上演于长江剧场。那时，我的母校复旦附中已由苏州北寺塔搬回上海国权路。我去买好了周末夜场《晴雯之死》的戏票，不料这天晚上要与复旦师生一起集体收听关于社会主义建设高潮形势报告的直播，不准缺席，我就把戏票送给了好友曹德兴。德兴看后非常满意，对我连声说："好！好！"王、陆此后再没演过此剧，我又无缘观赏，再次终生遗憾。

更大的遗憾，是1958年暑假在上海艺术剧场（兰心大戏院）等范瑞娟、吕瑞英《万古忠义》的退票，和1959年秋天在杭州人民大会堂等成都川剧院《青蛇》的退票，都是连等三天没等到，第四天演出就结束了。我的感觉是：无可奈何！彻底失败！

当然，"转败为胜"的例子，难得也是有的。那是1958年初夏，我25岁，在杭州大学中文系读一年级时，有一天，我路过杭州胜利剧院门口，看见一块小黑板上写着"盘夫索夫"四个大字。上边一行小字："明晚7:30，只演一场"。下边一行小字："演员：姚桂芳等"。我问售票处："花旦是谁？"一位小姐操着苏州口音，得意、神秘地回答我："姚水娟啊！"得知她尚可演一场，我惊喜万状，当即买下两张票，决定与杭大越剧团乐队的龚雪峰同学一起观赏。可是麻烦又来了，第二天学校通知：今晚全校师生到大操场开大会，听浙江省委领导做报告。怎么办呢？我们找杭大越剧团乐队忠厚可信的老大哥赵君立同学商量。

我："只演一场，过了这个村，没有那个店，不看太可惜了！"

赵："那是一定要去看的。你们吃好晚饭，若无其事地走出去，一点也不要声张。"

龚："明天要是问我们，我们说不出报告的内容，怎么办呢？"

赵："那我先告诉你们好了！"

我："报告结束后，请你马上写个条子，投到我的信箱里，好吗？"

赵:"好的,好的!"

戏看得很满意。我认为"姚水娟比金采风演得好,金采风比姚水娟唱得好"。龚兄赞同。我们回校后先看了赵君立同学的字条,准备应付明天的查问。但后来无人查问,好像校方并不知道我们出去看戏。以后几十年,每言及此事,我和龚兄总是很得意。

2019 年 9 月 15 日

等退票

20世纪50至60年代，上海的戏剧舞台十分繁荣，我经常出入于各剧场观看演出。看得最多的是越剧，其次是滑稽剧和沪剧，偶尔听听评弹、看看话剧。有些精彩演出，观众趋之若鹜，一票难求，想看是不容易的。

最典型的是合作滑稽剧团杨华生、张樵侬、笑嘻嘻、沈一乐、绿杨和程笑飞、小刘春山、俞祥明、嫩娘主演的大型滑稽戏《活菩萨》，轰动上海滩，连演近两年，场场爆满。我曾多次光顾天宫剧场，都被"客满"红牌挡回。直到演期快结束的前几天，我和几位好友去"天宫"看看，总算幸运地买到最后几张票，喜出望外，兴高采烈地看了一场。那天赶在我们后面的观众，都没买到票。

大家争看话剧《曙光照耀着莫斯科》，我曾到艺术剧场（兰心大戏院）去买票，一看，排着长长的队伍，其中不少人带着铺盖，是前一天晚上就来排队的，我被吓退了。

人民沪剧团邵滨孙、石筱英、筱爱琴主演的《杨乃武与小白菜》很轰动。我赶到天蟾舞台，见"客满"红灯高挂，兜了几圈，好不容易买到一张退票，看得非常满意。

我最爱看越剧。袁雪芬的上海越剧院、尹桂芳的芳华越剧团和戚雅仙的合作越剧团，都演得非常好，观众非常多，我的票大多靠等退票等来。

当时上海越剧院在大众剧场驻场演出，一出出好戏雨后春笋般涌现，我差不多一部不落，统统看过。有的如《碧玉簪》《盘夫索夫》《彩楼记》等，我都看过许多遍，百看不厌。

当时一般剧场等退票都是在剧场门口私自交易，价格都是浮动的，剧场对此不加干涉，无人管理。只有大众剧场做得特别好：他们派专人管理退票工作，规定等退票者在剧场大门西侧倚墙排队，退票者直接把票交给管理员，由管理员依次卖给等退票者，价格一律按票面，不浮动，买卖双方都不吃亏，皆大欢喜。大众剧场此举，受到广大观众热烈赞扬。剧场大门外一排长长的、井然有序的等退票队伍，是当时申城一道亮丽风景线。

有一段时间，每个有越剧的周末晚上，我都是大众剧场等退票队伍中的一员。

有一次，我带着我的老母亲和年幼的大侄儿王淼清一起去排队，居然等到了三张退票，一起观赏了王文娟、金采风主演的《杨八姐盗刀》中"体面娘娘"们（母亲语）的精彩表演。我们别提有多高兴啦！

还有一次，金采风在大众剧场演《碧玉簪》，我独自排队等退票，去得较早，排在前面。开始时，我放弃了好几张退票，让给了排在我后面的观众。结果，我终于等来了一张第一排，略偏左，我兴奋至极，视作"此生最大之乐事"。半个多世纪过去了，我始终记得那天坐在第一排看戏的情景，金采风同志的长长的水袖，似乎一直在我头顶上轻拂。

2019 年 11 月 13 日

暮年五载看越剧

70岁以后,我很少去剧场观剧。我对越剧的关注,主要通过看电视、看DVD、听CD、看越剧专著、唱越剧去实现。直到2013年,我应邀去嵊州越剧艺术学校作《一个老越剧迷的心声》讲座,大家都说我对越剧"太熟悉了",而我自己知道很久未进剧场,应该补一补课:像年轻时一样,有越剧必看。这时我已80岁,年纪大了,还走得动吗?我想,不是有一条地铁8号线,早已把我家门口的黄兴公园站和天蟾逸夫舞台门口的人民公园站连起来了吗?我去试看了几场,觉得交通很方便,走出地铁口,马路对面就是剧场;坐在剧场里看戏的感觉也很轻松,很愉快。于是,我到天蟾逸夫舞台办了一张"会员卡",享受9折优惠。每有越剧演出,我都尽早买票,坐在前排。提早电话订票,非会员须在开演前一天领票;会员只要在当天开演半小时前领票,少跑一趟,省力多了。

遇到外地剧团如福建省芳华越剧团、南京市越剧团、绍兴小百花越剧团、杭州越剧院等来沪集中展演一批剧目,以及2015年"上海越剧嘉年华"等集中连演的机会,天蟾逸夫舞台都实行"套票"6折优惠,我都把一沓沓戏票带回家中放好,一天接一天赶往剧场观赏。

2015年7至8月"上海越剧嘉年华"12个院团的34台大戏,在天蟾逸夫舞台和艺海剧院两个剧场举行;汇聚当代越剧全明星的新版大型史诗越剧《越剧姐妹情》,作为本次越剧嘉年华的压轴巨献,移师上海大剧院连演三场。我三院奔波,不胜欣喜。

　　离家较远的剧场,只要演越剧,我也尽可能赶去观看。上海越剧院一团在静安区大宁剧院演出《燃灯者》和《玉蜻蜓》等新戏,我都提早去买票。有一次赶到时,尚未开票。两位剧院负责人见我年迈,让我留下家中地址,第二天派专人把票送到我家。江苏南通越剧团在浦东新区花木路大观舞台演出《董小宛与冒辟疆》,我提前打电话订好票,票务员小姐听说我年迈路遥,表示要给我派人送票。我说:"别送了。我自己来取吧,我想熟悉一下你们那里的环境,再说,我来走一走,也是锻炼身体。"大观舞台我没有会员卡,票子是提前几天去取的。上海越剧院在闵行区莘庄城市剧院演出小剧场越剧集锦《唐明皇与杨贵妃》,以及茅威涛、赵志刚、王君安在浦东新区东方艺术中心演出《寇流兰与杜丽娘》《花好月圆——赵志刚、陈湜越剧演唱会》《柳毅传书》等戏,我都是这样订票的。

　　有越友劝我:"老伯伯,你年纪大了,来看戏,最好有家属陪伴!"我:"谢谢你的关心。家属都很忙,我不想麻烦他们。将来走不动了,我就不来看了,在家看看电视算了。"就这样,从80到85岁,在这垂暮的5年里,我坚持独自进剧场看越剧,直至上越本科班2018年"锦瑟年华"年度展演,我还一场不落,统统看过。但自2019年《永联杯·越美中华·越剧青年演员大会演》起,我就真的走不动了,不去看了,只在家里看电视。这年我86岁。

　　天蟾逸夫舞台停业装修已2年多了。等它重新开业后,我也许还能进剧场看几场越剧。其他剧场都比较远,靠得较近且偶演越剧的上海大剧院,也因走出地铁口还要走较长一段路,已非我腿力所能及;就连在地铁口对面且偶放越剧电影的大光明电影院，因越剧电影都在周 2 上午 9 点开映，我须乘早高峰地铁，拥挤得受不了，也只好放弃。

2019 年 12 月 15 日

越剧演员九代同堂

2017年8月12日晚,在东方卫视大型戏曲文化类节目《喝彩中华》中,有个《新中国培养的越剧演员九代同堂》节目,引人瞩目。

节目在21位20刚出头的青年越剧演员齐声清唱《天上掉下个林妹妹》后,即由其中一位代表——王婉娜致辞:"我们是首届越剧本科班毕业生,是新中国培养的第九代越剧演员!"作为全国地方剧种中第一个十年制本科班,他们毕业于2017年6月,加入越剧演员队伍不满两个月。他们为越剧舞台注入了新鲜血液,为越剧事业发展增添了新生力量。

据两天前8月10日《新民晚报》报道,这批新生代越剧演员,原定只亮相两位:小生王婉娜和花旦陈敏娟。两天后8月12日播出时,两位亮相改成了21位同学集体亮相;王、陈两位隐去姓名,改成了"我们"。这一改,既反映出艺术家们对节目反复推敲、不断打磨的匠心和劳迹,又体现出新生代越剧演员们的谦恭和友善,非常好。

紧接着,新中国培养的历代越剧演员代表一一亮相:史燕彬,25岁,第八代,金派花旦;陈慧迪,34岁,第七代,袁派花旦;王清,38岁,第六代,尹派小生;钱惠丽,54岁,第五代,徐派小生;汪秀月,70岁,第四代,徐派小生;刘觉,77岁,第三代,徐派小生;孟莉英,83岁,第二代,人称"丫头王";吕瑞英,85岁,第一代,越剧"吕派"创始人。

九代新中国培养的越剧演员一字排开,站在舞台最前面。中间一位是吕瑞英。吕的左边是孟莉英、汪秀月、王清、史燕彬;右边是刘觉、钱惠丽、陈慧迪、王婉娜。后面20位是与王婉娜一同毕业于越剧本科班的新生代越剧演员。大家在吕瑞英带领下,齐声高呼:"为越剧喝彩!"

"越剧演员九代同堂"的盛事,起始于4年前2013年6月,为纪念袁雪芬同志倡导的越剧改革70周年,越剧界九代同堂,献演压轴大戏《舞台姐妹情》。当时作为第一代越剧演员的代表人物、成名于新中国诞生前的"越剧十姐妹",仅范瑞娟、傅全香、徐玉兰三人在世,范、傅都在病中,不能登台,只有92岁的徐玉兰尚健,成为越剧界第一代登台演出的代表人物。徐玉兰以下的八代越剧演员,都是新中国培养的:吕瑞英,第二代……史燕彬,第九代。四年前,十年制越剧本科班学员还在读六年级,越剧界第十代尚未形成。

今年春天,当"越剧第十代,首个本科班"开始举行"毕业公演","上海越剧第十代传人"即将诞生之际,两位越剧宗师范瑞娟和徐玉兰先后逝世,仅存一位越剧宗师傅全香在病中,"登台"无望,"越剧界十代同堂"的美梦未能实现。于是出现了"新中国培养的越剧演员九代同堂",他们的辈分,都提升一级。例如"越剧界第二代"吕瑞英,升级为"新中国培养的第一代";"越剧界第六代"钱惠丽,升级为"新中国培养的第五代";"越剧界第十代"王婉娜,升级为"新中国培养的第九代",等等。

2017年10月15日

《锦瑟年华·上越新生代展演》观后

上

2007—2017 年，上海戏剧学院戏曲学院和上海越剧院联合举办了第一届十年制越剧本科班。从 2013 年开始，我每年都看他们的寒暑假实习演出。2017 年 6 月，越剧本科班毕业，上海越剧第十代传人诞生。

他们毕业公演的《红楼梦》《花中君子》《家》《梁祝》四台大戏，我都看了。2018 年，是上海星期戏曲广播会和上海越剧院联手打造、公演于上海白玉兰剧场的"锦瑟年华·上海越剧院新生代展演"年，历时一年的十二场演出，我一场不落，全都看过。我还以"锦瑟年华"的精彩演出，隆重招待了嵊州老友钱进德夫妇。

2018 年 12 月 31 日晚，"锦瑟年华"最后一场演出结束后，主持人司徒纯纯宣布了网上评出的七名"锦瑟年华青春之星"：

1. 董心心，范派小生；
2. 范莹，陆派小生；

3. 俞果，徐派小生；

4. 王婉娜，徐派小生；

5. 杨韵儿，傅派花旦；

6. 骆易萌，吕派花旦；

7. 张杨凯南（男），尹派小生。

台上颁奖、合影留念后，观众陆续退场。但剧场中央走道上几十位观众却聚着不愿走，群情激昂，议论纷纷。一位中年男子愤愤不平地朝着落了幕的戏台高声大吼："越剧有13个流派，现在好像只有一个徐派了。钱惠丽今天没来，如果来，我要当面批评她，她不该自己学徐派，就处处突出徐派。"我也大声附和："你说得对，现在提到上海越剧十代传人的十位代表，有五位是徐派——徐玉兰、刘觉、汪秀月、钱惠丽、王婉娜，占了50%，比重实在太高了。一对徐王流派，不能包纳整个越剧；其他流派，不容贬低，更不容利用职权，抬高一派，压低其他流派。"

有人问我："老伯伯，你对钱惠丽怎么看？"我："我对钱惠丽一向很敬重。她是徐派最佳传人；她以越剧院副院长身份，勇敢挑起全面负责越剧本科班教育培训工作重担；她上了年纪，戏还演得那么好，直到现在，依然是只要她一出场，掌声和欢呼声就特别热烈；2018年，中央电视台戏曲频道把钱惠丽和方亚芬作为当今越剧两位领军人物在'角儿来了'栏目中推出，深得人心。"有人又问："老伯伯，社会上对钱惠丽议论较多，你怎么看？"我："我希望她虚怀若谷，闻过则喜，有则改之，无则加勉。必要时，我也希望她站出来辩白几句，澄清一下事实真相。"

有人问："老伯伯，你这样关心董心心和王婉娜，你认识她们吗？"我："不认识。从2013年以来，五年多了，我每次看越剧本科班实习演出和毕业公演，都感到董心心唱得特别好，特别冒尖，特别引起我注意。王婉娜则是近两年才引起我注意的，她唱得和杨婷娜、钱惠丽一样好。

在看'锦瑟年华'第一场开场前,我问坐在我旁边的一位女青年:'姑娘,你这么年轻,也爱看越剧吗?'她:'因为王婉娜唱得特别好,所以我一定要来看一下!'那天王婉娜演《追鱼·书馆》,确实很好。"

有人听到我夸董心心,走出剧场后把我拉到一辆停靠在重庆南路旁的私家车前:"老伯伯,快一点,他们要开车回宁波了,你见见董心心,和她简单说两句,好吗?"我紧靠司机座位站着。开车的,会不会是董心心的父亲?董心心坐在司机右边,满面春风地把身子探向我:"老伯伯,你好!"我:"董心心,你唱得很好,很放得开,比你的师姐(我情急之下,一时叫不出王柔桑的名字)还要好。将来传承范瑞娟老师流派的,我看应该就是你了!董心心,你一定要努力,不要骄傲啊!"董心心:"谢谢!谢谢!谢谢老伯伯!"

天空飘着零星雪花,私家车沿着徐家汇路疾驰而去。董心心他们赶到家乡,该是后半夜了吧?

中

2018"锦瑟年华·上海越剧院新生代展演"年,呈现在人们面前的是一片生机勃勃的繁花美景:青春靓丽,新星闪耀,基础扎实,流派纷呈,行当齐全,发展潜力很大,鹏程万里。在七位"锦瑟年华青春之星"以外,新生代中还有很多优秀者,诸如袁派花旦赵心瑜、王派花旦陈欣雨、金派花旦陈敏娟、陆派小生赵一兰、张派老生潘锡丹、优秀老旦相美佳和优秀男小丑姚磊等,也都极为出色,极为吸引观众。

新生代中唯一一位袁派花旦赵心瑜,是越剧本科班中年龄最小的一位。她十岁入学时,是一只"丑小鸭",作媒婆一类角色加以培养,不想几年后发育成亭亭玉立的"白天鹅",扮相酷似袁雪芬,于是让她专攻袁派。她这次展演的《梁祝·英台哭灵》《西厢记·琴心》《祥林嫂·天问》

和《玉卿嫂·除夕夜》等剧目，都很出色，观众纷纷竖起大拇指，认为把她的《祥林嫂·天问》和《玉卿嫂·除夕夜》等剧目作为"压轴戏"很妥当，很压得住阵脚。2018年方亚芬在中央电视台做"角儿来了"节目时，带了上海的三位徒弟徐莱、陈慧迪、俞景岚和浙江的三位徒弟。在介绍最年轻的一位徒弟时，主持人董艺问方亚芬："你的徒弟这么年轻呀？"方亚芬答："还有一位更年轻，今天没来。"这位"更年轻"的徒弟，估计就是赵心瑜，当时她21岁，可能因备战"锦瑟年华展演"，她没能跟方老师进京。越剧大师袁雪芬一贯鼓励学生超越老师。有人说："现在，方亚芬不亚于袁雪芬。"我希望赵心瑜将来能努力超越袁雪芬和方亚芬。

赵一兰，气质好，嗓音好，功架好，是黄慧、徐标新、张宇峰之后更为杰出的陆派传人。她和老旦相美佳在《珍珠塔·前见姑》中的对手戏，唱得声色超凡，气韵卓绝，张扬了宗师陆锦花和周宝奎之神韵。她在5月和10月两次展演《乾元山》，前一次是一人表演的片段，后一次是多人表演的全场。这是从京剧移植过来的神话剧，注重武打，哪吒的一杆长枪和一个乾坤圈，在赵一兰手中玩得相当纯熟。1951年9月，24岁的陆锦花演出过《哪吒》，我在新世界底层的国联大戏院看过。我从赵一兰身上惊喜地发现了当年陆锦花的风采。我看，赵一兰如能在《乾元山》唱腔上多下些功夫，"陆派"味道再足一些，那就更好了。

陈敏娟，又唱王派，又唱金派，会不会两面折损呢？我从陈敏娟在《盘夫索夫·刺绣》一折的唱念做中，领略到她传达出的金派神韵，把观众带入了艺术的意境。她的《碧玉簪·归宁》《三盖衣》和《送凤冠》，都越唱越好。我想，陈敏娟是否以专攻金派，把金派的《碧玉簪》《盘夫索夫》和《彩楼记》等拿手好戏传承下来为好呢？值得好好研究。

陈欣雨，这位来自湖南的辣妹子，学"王派"学得非常好。她的鲤鱼精，唱做俱佳，加上高超的武功，无人能及。她在《孟丽君·书房会》

中表演很到位，节奏感很强，唱腔中"王派"韵味十足。她和王婉娜合演全本《红楼梦》，我认为也是绝配，决不会因她本人开朗而演不出林妹妹的"多愁善感"。王文娟也很开朗，她的林妹妹不是演得极好吗？我认为，除了董心心和杨韵儿是越剧范傅流派的绝配外，王婉娜和陈欣雨也是越剧徐王流派的绝配。

在老一代越剧宗师中，除了"范（瑞娟）傅（全香）"和"徐（玉兰）王（文娟）"两对之外，还有"金（采风）陆（锦花）"和"戚（雅仙）毕（春芳）"两对，都是当年赫赫有名的绝配——黄金搭档。现在，"范傅"已有王柔桑、盛舒扬的中生代"绝配"，董心心、杨韵儿的新生代"绝配"；"徐王"已有杨婷娜、李旭丹的中生代"绝配"，王婉娜、陈欣雨的新生代"绝配"。我希望陈敏娟能找一位优秀的陆派小生如赵一兰，组成新生代"金陆绝配"；我还希望上海戏剧学院戏曲学院能及早制订出"戚毕流派"培训计划，及早培养出新生代"戚毕绝配"。

下

毕业于上海戏剧学院首届越剧本科班的上海越剧院新生代演员，有30余人。其中女演员20多位，占绝大多数；男演员寥寥无几，只有张杨凯南、姚磊、姚煜晨、张艾嘉、冯军、金涛等几位，占总数1/4不到。真正实现女子越剧和男女合演"两条腿走路"的关键，是大力培养越剧男演员。当然，上越新生代演员中总算又出了几位男演员，虽属凤毛麟角，还是令人高兴。

张杨凯南，是唯一一位评上"锦瑟年华青春之星"的男小生演员。2013年10月27日，10年制越剧本科班跨入6年级不久，在上海艺海剧院小剧场展演第三季"越女争锋"推送节目，我坐在第一排中间观看。第一个节目，是花旦陈欣雨演唱的《斩经堂》，配演者是男小生张杨凯南。二人都很出彩，张杨凯南更佳。他有一个站在靠背椅上向前僵直扑倒的险招，表现吴汉在目睹爱妻王兰英自刎身亡后悲痛欲绝的心态。这个节目是越剧表演艺术家史济华的独门绝活，由他亲授爱徒张杨凯南。张杨凯南学得很好，演得干净利落，技惊四座，掌声雷动。以前两季越女争锋，配演者都是"越女"。想不到这一季越女争锋会允许"越男"配演。但这一季比赛都在中央电视台进行，我没能亲眼看到。我只知第三届越女争锋比赛结果：陈欣雨获"学生组十佳优秀银奖"。至于张杨凯南如何配演，以及配演后引起过什么反响，我一概不知。

  2018年10月，尹派男小生张杨凯南和上海越剧院新生代演员们以青春靓丽的整体风貌，亮相绍兴大剧院，参演第四届中国越剧艺术节，剧目是《家》和《追鱼》，张杨凯南的名字和徐派女小生王婉娜等女演员一样，均为广大观众熟知和喜爱。一些热心观众，散戏后等在后台门口，面对面赞一句上越新生代演员们"唱得好"，鼓励他们继续努力。

  姚磊是难得的越剧男丑演员。他和吕派花旦陆志艳合演《挡马》，武功了得；他和小旦庄荔彬合演《双下山》，唱做俱佳。2018年6月，姚磊参加小剧场实验越剧《再生缘》在罗马尼亚锡比乌国际艺术节演出，饰"缘生"一角，反戴面具，有前后两张脸，一张是迎合别人的"面具脸"，一张是代表本心的"真实脸"。这个"缘生"，有将近一半时间在观众中穿梭表演，和观众的距离近得一伸手就够得着。许多受邀观众对这个"缘生"印象都很深刻，对饰演者姚磊的表演都很赞赏。

  张艾嘉，男老生。因他的姓名与台湾黄梅调电影《金玉良缘红楼梦》中饰黛玉的女演员相同，所以我看了两年越剧本科班的实习演出，就把"张艾嘉"三字记住了。2015年7月12日晚，我在天蟾逸夫舞台看完"越剧嘉年华·浙江小百花越剧团《春琴传》"演出后，正好与张艾嘉和同济大学越剧迷贾丽君老师在人民广场同乘地铁8号线回家。他俩好像是熟悉的，一路上谈得较多。我坐在一边看说明书，默不作声。贾老师在四平路先下车。我和那时还不足20岁的张艾嘉攀谈起来。我："你是越剧本科班的吧？"他："是的。我叫张艾嘉。"我："你是演小丑的？"他："不是。我是演老生的。"我："你是哪里人？"他："嘉善。"我："学戏是很艰苦的。你一定要坚持到底呀！"他："好的。谢谢你！"他在江浦路下车。我再乘三站到黄兴公园下车，回家。此后，张艾嘉和姚磊参军两年，复员后继续学业，比其他同学延迟两年毕业。"锦瑟年华展演"时，他俩一面参演，一面还在上课。

2018年12月30日日场，张艾嘉参加了《胭脂·拜会/踏勘》的演出。夜场开场前，他背着挎包回校，被剧场门口等候入场的观众围住。他热情地和大家打招呼、握手。临别，他特地转身看了我一眼，好像等我和他打招呼。我站得离他较远，一时没认出他来，未做任何反应，及至他转身远去，我才想起他是张艾嘉！2015年地铁车厢内匆匆一面，已过去3年多，他竟还记得我！

前两年看越剧本科班实习演出，一直不见张艾嘉踪影，我猜他可能耐不住寂寞，已离开艰苦却又令人陶醉的越剧艺术。我那时并不知他已去服兵役，已应征入伍。现在真相大白，看起来，我嘱咐他把越剧事业坚持到底，他还是赞同的。

2019年5月15日

呼吸养生 50 年

从前有个人不慎掉入一口深井,在绝望中瞥见井底有只乌龟,虽没什么食物吃,但却活得很好。他发现乌龟呼吸很特别,很安静,便学着缓缓地呼吸起来。三十多天后,此人被救上来时,竟然还活着。① 乌龟是公认的长寿动物。人们从乌龟呼吸缓慢和长寿的关系中得到启示,于是练龟功,做腹式呼吸操,开展深呼吸运动,探寻呼吸养生之道。

呼吸运气,确很重要。记得 20 世纪 50 年代我们在杭州大学读书时,曾听老师说:"你们将来要当好教师,也该学学声乐,练练嗓子!"我曾从图书馆借来一本《声乐原理》,细读了几遍,把鼻腔共鸣、口腔共鸣、胸腔共鸣和丹田之气简化为"三腔一气",掌握了运气发声的科学原理和方法,经反复揣摩练习后,我说话和演唱的气息和音质都有所改善提高,为以后的教师工作提供了有利条件,对身体健康也很有好处。

在呼吸养生方面,议论最多的是腹式呼吸和深呼吸。我认为,所谓腹式呼吸,就是靠腹部的收缩和舒展,来完成肺部气流的呼和吸。换言之,就是:呼气时,尽量收肚子;吸气时,尽量鼓肚子。一般情况下,

---

① 见 2010 年 7 月 13 日《上海老年报》6 版《怡养之福,可得永年》。

人们主要靠胸腔进行呼吸。腹式呼吸作为胸式呼吸的延伸和补充，大大增强和完善了人体的呼吸功能；同时，腹式呼吸还是一种高超的运气发声方法，是声乐艺术最重要的基石。腹式呼吸通常多与胸式呼吸同时并用，单独使用腹式呼吸的机会很少。只有在歌唱或说话的呼气之际，胸腔才尽量维持舒展状态不变，气流主要由腹腔收缩往上送，让歌声或语音在胸腔形成良好共鸣，产生动听乐音。这又叫丹田之气，是声腔艺术家必备的基本功，也有利于提高教师的语音质量和语言的表现力。在运用丹田之气时，呼气主要靠腹腔，那是为了维护胸腔共鸣箱；吸气则可胸腹并用，因为此刻乐音暂歇，胸腔伸缩既有利于快速吸气，也不影响共鸣。

有人说腹式呼吸就是深呼吸[①]，我认为此说不妥。因为从声乐角度强调腹式呼吸，目的是保证胸腔舒展，提高共鸣质量。而深呼吸的目的，则是加强吐故纳新，促进人体健康。二者着眼点是不同的。我认为，呼吸本来就是同时依靠胸腔和腹腔的协调作用而进行的，只是由于人们对呼吸方法和功能锻炼的忽视，才造成了人体供氧不足或胸腔共鸣不畅等弊病。在进行腹式呼吸、运用丹田之气时，会出现呼吸腔体的奇特形态——收腹舒胸，形成了发声气流和胸腔共鸣箱共存的局面，为悦耳乐音的产生提供了优越的条件。这一复杂过程，与单纯的呼吸活动不一样。深呼吸属于单纯的呼吸运动，特点是强度较高，要让胸腹充分伸缩，让肺部充分吐纳，让人体充分换气。可能有人平时不注重腹式呼吸，只在做操时才有意识地运用了腹腔，因而把腹式呼吸和深呼吸看成了一码事，并在二者之间画上了等号，其实那是一种误解。

50多年过去了，以下呼吸方法早已成了我的生活习惯：每当说话或歌唱时，我总会习惯性地收腹舒胸，运用丹田之气；而日日夜夜，无时

---

① 见2010年7月24日《上海老年报》5版《深呼吸帮吐故纳新》。

无刻，我都用深呼吸取代了以胸式呼吸为主的一般性呼吸。所以，就我而言，并不需要深呼吸运动的专用时间，因为在我的全部时间中，包括在睡梦中，我都在持续不断地进行着深呼吸。而广播体操中的深呼吸运动，缓慢的练功十八法和游泳的换气和屏气，对于我细、慢、沉、畅的深呼吸本能习惯的形成，都起着很大的作用。

我今年已七十七岁，在静态下的呼吸次数，若将呼和吸算作一次，是每分钟三次；若将呼和吸算作两次，是每分钟六次。据说乌龟每分钟只呼吸三次[1]，我不了解他们的算法。若将呼和吸算作一次，那我和龟兄是同一个水准；若将呼和吸算作两次，那我只及龟兄的一半。但若与常人每分钟呼吸十六至十七次[2]相比，那么，我还算不错，聊以自慰！

2010年8月13日

---

[1] 见2010年7月13日《上海老年报》6版《怡养之福，可得永年》。
[2] 同上。

要服老，又要不服老

我今年79岁，退休已16年，步入独居老人行列已整6年。我一直生活得很好。我感到，在欣逢盛世，沐浴阳光的今天，若是心态平和，养生得法，那么，健康长寿，人生百岁，都不是梦。最要紧的，就是年纪老了，既要服老，又要不服老。服老，就是坦承自己老了，有些事做不成了，不要再去做力不从心的事情。不服老，就是要发挥余热，坚持做好几件事，让生命的车轮转得更稳健，更长久。这些事，都应是力所能及的，爱做、想做和能做的，有益于身心健康的。

比如体育锻炼，我当年坚持跟学生一起跑步做操，坚持冬天爬山，夏天游泳。步入老年，特别是5年前脑梗以后，体力下降，行动迟缓了，我就买了上海新凤城迎宾馆游泳馆的年卡，一年四季去游泳。我当年每次游一小时1600米，现在每次游半小时400米，虽然时间和速度都缩减了，但风雨无阻，细水长流，健身效果很好。我的"泳友"中，一位小我1岁，一位大我4岁，一位大我9岁，他们都红光满面，步履矫健。我和他们已一起游了近4年。看来，我还能跟他们在碧波荡漾的泳池中再游好多年。只要走得动，我就一直游下去。

又如唱越剧，这是我60多年来最大的业余爱好。现在，我每天在家跟着伴奏音乐学唱越剧名段一小时，还在去游泳的往返途中反复吟唱；若有机会，有时也登台演唱。有位戏曲评论家说："唱戏，青年时靠嗓子，中年时靠技巧，老年时靠韵味。"今年亮相电视台的86岁滑稽剧前辈小刘春山和97岁京剧前辈王玉田，都唱得非常好。滑稽剧新秀舒悦在担任第一季《越剧我来秀》评委时说："有个人103岁了，还唱得非常好。"这大概都是"拳不离手，曲不离口"的硕果。当然，越剧大师袁雪芬还说："如果别人厌恶了，不想听了，那我就不唱了。"而我认为，不唱给别人听，还可唱给自己听，因为优美的越曲描绘出瑰丽的画面，纯粹的自娱自乐和运气提神，对于老年人的修身养性来说，也很有必要。我的宗旨是：生命不息，唱戏不止。

　　再如写作，这是我终生向往的神圣事业，也是我晚年很想做好的一件大事。写作还是积极的脑力活动，能激活大脑，防止痴呆。我很想拿起笔，多写一些我想写的文字，流传后世。我敬佩现年106岁的"中国汉语拼音之父"周有光先生，他不但迄今康泰，而且还在今年一月出了一本《静思录——周有光106岁自选集》，成了世上最年长的著作家。我希望能像周先生那样，在一百多岁的时候，再出一本书。

　　再如做家务，现在，除了一年一度请人擦玻璃，其余家务事，我都坚持自己做，做法也一如既往。亲友们见我腰腿不便，曾劝我将普通畚箕换成长柄畚箕，还劝我买一把长柄夹子捡物，我都不以为然。畚箕不换，夹子不买，我只是慢慢弯下腰收垃圾，缓缓蹲下身子捡东西，虽较吃力缓慢，但身体很受益。女儿女婿见我买菜艰难，要给我买好送来，我婉拒了。我拉一个小拖车，走得慢一点，坚持自己买。女儿和外孙每晚来看我，都抢着帮我做家务，我不让他们什么都揽着做。他们要把我的晚餐碗洗掉，我说："碗还是让我自己洗吧。你们帮我把一包垃圾带出去扔掉，把一捆旧报纸带回去卖掉就可以了。因为我现在还硬朗，生活还能自理，能做的事情，要尽量自己做。越做，身体越好，寿命越长。

等将来真不行了,你们再来帮我做,并请保姆来服侍我。"

生命的火花总是要熄灭的,这,一点也不可怕。只是我们都想让它熄灭得晚一点罢了,对吗?

(2012年11月12日在上海宝山区教师进修学院退休生活交流会上的发言稿。)

2012年11月11日

生命在于运动

2012年11月12日，在上海宝山区教师进修学院退休生活交流会上，我提出在心态平和、养生得法的前提下，要健康长寿，"最紧要的，就是年纪老了，既要服老，又要不服老。"会后，盛立民老师向我指出："老王，你的题目是《要服老，又要不服老》，内容都是不服老，怎么服老，一点也没讲到嘛！是否把题目改一改呢？"我随后考虑：题目是引用发言稿的原话，以不改为好；服老，我确未言及，盛老师的意见是对的，我马上在原稿上加了一句："服老，就是坦承自己老了，有些事做不成了，不要再去做力不从心的事情。"而对服老问题未做阐述。现补述如下：

"老了，有些事做不成了"，这是实情。以我而言，曾向往九寨沟、张家界、武夷山、敦煌石窟，还向往金字塔、尼罗河、巴黎圣母院、新圣女公墓，但这些旅游构想，现已统统废弃，原因就是我老了，不能去了。基于同一原因，又有了我中止擦窗、免搬重物、缩减社交等举措。"不要再去做力不从心的事情"，也就是我所说的服老。

那么，有些看似力不从心的事情，能不能转化为胜任的事情呢？我以为也是有可能的。

比如我脑梗后停掉较为激烈的运动，改为缓和的游泳，通过运动项目的转换，我愉快地坚持了体育锻炼，维持了身心健康。

又如唱戏，我虽因年事过高，不宜参与以中青年参赛者为主体的"我来秀""挑战赛""十佳评选"之类赛事，但我仍可继续学唱，继续表演，继续为晚年生活添活力，增光彩。大奖纵无缘，金曲伴终生，不亦乐乎！

再如我家客厅悬挂的厚玻璃大灯罩，我过去常拆下清洗。近年体力有所下降，我感到此罩太沉，拆洗困难，就把吊灯换成了吸顶灯，罩子是塑料的，很轻，拆洗非常方便。

"生命在于运动"，我对此深信不疑。这里的运动包括体育和劳动，劳动又包括体力劳动和脑力劳动，还包括文娱活动。这样的运动，对健康长寿是有力的保证。老年人，有些事实在不能做了，绝不要勉强去做。但能做的事，仍应尽量做好，切莫轻易放弃。服老很要紧，不服老也很要紧。

2012年12月15日

我的 90 规划

致大学同窗姜志光函

志光兄：

  2003年9月，杭州大学中文系1957级同学会在宁波、义乌、东阳举行第七次聚会结束后，我与兄在义乌火车站一别，转眼已15年了。2007年我收到你第一本大作《江心集》，今又收到你第二本大作《知观集》，知你一路走来，很幸福，我很高兴。现随信寄奉《沪嵊越迷交流会》光盘一张及相关短文三则，请指正。

  前年春节，安徽单厚骊兄来电，他知我笔耕不辍，唱戏不止，喜赞曰："老年人有个生活目标，可以长寿！"我赞同。不久，我拟了个《我的90规划》。90即90岁。规划规定在2024年我90周岁之前，做好两件事。第一件，印两本书，暂名《我与越剧》和《我的母亲》。前一本2019年之前印好；后一本2024年之前印好。第二件，出几张我唱越剧的光盘。这次寄给你的《沪嵊越迷交流会》，是规划中的第一张。以后隔几年出一张，作为"呼吸养生"和"声乐养生"的佐证；同时也想验证一下人的歌喉到底能否保养到生命的终结。

  今年春节，厚骊兄看了我的《沪嵊越迷交流会》光盘和文稿，以

"志在千里，壮心不已，百岁追求"相勉励。今年春节以后，北京周育德应邀出席上海昆剧团建团40周年庆典，趁活动间隙来我处小叙，说："我看到一位矍铄老人，高兴！"厚骝、育德二兄对我的鼓励，我衷心感谢。

　　90周岁以后呢？我的心态一如既往：去也好，留也好，听其自然；只管像"强者"那样积极地、乐观地、科学地对待自己的生命和生活；不必为生死存亡提心吊胆，多费心机。倘能再活下去，我当然还应订个《我的90后规划》，那该是好多年以后的事了。现在，我只有一些大概的设想：汉语拼音之父周有光先生1906年生，2017年卒，活了111年。鲁迅先生1881年生，1936年卒，活了55岁。有光先生的寿命，超过鲁迅先生两倍。我叹息鲁迅先生早逝，仰慕有光先生长寿。若能像有光先生那样健康地活到100多岁，当然很好。到那时，我的活动内容和活动方式，必将有所删改，比如删去游泳，改成练功十八法；尚未实行的删去进剧场看越剧，改成在电视机前看越剧，等等。但唱越剧和写文章两项，我大概不会删改。何故？一、此两项易于操作，受体能限制较少；二、爱之所至，死而后已。

弟 云兴 敬上
2018年3月14日

晚年养生 18 字诀

为了争取健康地活到百岁以上，实现"长命百岁"的梦想，我在"乐天宽厚、心态平衡、起居有时、饮食有节"的基础上，拟定了"晚年养生六则"，每则 3 字，共 18 字，又称"晚年养生 18 字诀"。

一、十八法，即"练功十八法"。我年轻时喜爱跑步、做操、爬山、游泳。75 岁以后每天游泳一小时。80 岁以后游泳馆不准我去了，我就换一种体育运动。我认为对我来说，广播操过急，太极拳过缓，练功十八法不紧不慢，每天花半小时在阳台或客厅做一遍，正好。

二、全按摩，即"全身按摩"。每天早晨醒来，躺在床上，用一个半小时做全身按摩，主要部位是头部和四肢。

背部无法按摩。腰部按摩很费力，我只在腹泻时才施行。我的腰背痛，主要通过每天全身按摩时的额头按摩加以解决。

我 79 岁腹疝开刀，腹膜穿孔，做过修补，为防敷料脱落，我停止胸腹部按摩。好在我的深呼吸和唱越剧活动，对胸腹部健康也起促进作用。

三、唱越剧。85 岁以后，我选定了 22 首越剧唱段，用"唱戏机"录制好伴奏音乐，调门不降，每天用半小时练唱 5 至 6 首，4 天练唱一遍，长期循环往复，直至生命终结。预定 90 岁、95 岁、100 岁录唱三次，作为"声乐养生"的存档资料。

四、看越剧。只要力所能及，我还是迷恋于到剧场看越剧。今年1月2—3日，近期从不演越剧的中国大戏院上演越剧《梁祝》和《西厢记》，演出单位是民营的上海如意越剧团。三位"特邀演员"来自上海越剧院：盛舒扬饰祝英台；王柔桑饰梁山伯；沈馨雯（沈佳）饰张生。如意越剧团的台柱、当家花旦笪雪莹饰崔莺莺。两部戏我都看了，感到很高兴。1月2日观《梁祝》时，我买到了3月3日在中国大戏院上演的纪念尹桂芳百年诞辰的"王君安个人专场"票，如获至宝。

天蟾逸夫舞台[①]和宛平剧院[②]的装修工作，大概不久都将竣工，我期待着亲临它们面貌一新的现场，观赏江、浙、沪、闽越剧院团的精湛演出。

五、读与写。阅读与写作，是我的终生的挚爱。到了晚年，我仍每天读书看报数小时，每月作文一篇，其乐无穷。我把《我的母亲》一书放在我人生的压轴时间85到90岁去写，以示隆重与庄严。我要把我最美好的文本，奉献于母亲大人灵前。

六、做家务。85岁以后，家中的大扫除我做不动了，就请钟点工每周上门打扫两小时。其他零星家务如洗衣、汰碗筷、扫地、抹桌、倒垃圾、购物等，我都坚持自己做；有点吃力，慢慢来，不着急。

2020年1月6日

[①] 历经3年装修，天蟾逸夫舞台于2021年3月重新开台。
[②] 历经5年装修改建，宛平剧院于2021年6月竣工，更名"宛平艺苑"。

丝竹声声忆当年

王云兴、王耀清学唱越剧名段 18 首简介

我这一辈子，除了自己的专业——语言文学外，在业余爱好方面，我与越剧艺术结缘最深。20 世纪 50 年代，我一直是复旦速中、杭大和杭师越剧队的骨干。1991 年杭州大学同学会在母校聚会，主持会议的老同学朱宏达在大会上即席点名"请王云兴同学唱一段越剧助兴"，我站起来唱了《白蛇传·断桥》中"西湖山水还依旧"等四句。这四句，我在沪杭列车上已哼过几遍，可算"有备而来"，没荒腔走板，没在阔别 30 年的老同学面前出洋相。宋珊苞等老同学夸我"依旧唱得很好，依旧很有韵味"。此后，在每两三年一次的同学会上，我都应邀唱越剧，赞语都是"很好听，不减当年"。

2010 年 1 月，上海宝山区教师进修学院的江慧芳、邬红华等老同事向退管会主任邓瑞珍老师推荐，让我在新春团拜会上清唱了三段越剧：袁雪芬的《西厢记·琴心》、戚雅仙的《王老虎抢亲·寄闺》和金采风的《碧玉簪·三盖衣》。紧接着，我把这三段制成第一张无伴奏碟片《王云兴学唱越剧名段 3 首》赠送亲友们。今年初，我又在几位大学同窗及其佳偶的赞许和鼓励下，决定"抓紧再录几段，留给自己和亲友们听听"。

现经半年多努力,第二张有伴奏的学唱越剧名段碟片终于制成,共18段,13段由我独唱,5段由我和小侄儿对唱,题为《王云兴、王耀清学唱越剧名段18首》。这些名段,勾起了我对往事的一系列回忆。

《婚姻曲》引我跨入越剧殿堂,是我从20世纪50年代初至今60多年来学唱越剧的第一段"看家戏"。我感到在各流派中,戚派韵味最浓,始终是我的最爱。金采风的《三盖衣》,是我1957年进大学后对着唱片潜心揣摩,反复吟唱,在我一生中唱得最多的又一段"看家戏"。对这段戏,周育德在记谱时曾连夸:"好听,行云流水!好听,行云流水!"育德还在《从头说起——我和戏曲研究》一文中写过:"王云兴熟悉越剧各流派唱腔,对戚雅仙、金采风特别入迷"。我认为他说得很对。这大概就是我刻意要把戚、金二位置于碟片之首的缘由。

我对尹桂芳也特别入迷。她的表演艺术特别是唱腔艺术,是一座无与伦比和极难逾越的高峰。近年来,我怀着虔敬之心学唱她的代表作《红楼梦·宝玉哭灵》(第9段),更感到半个多世纪之前,速中越剧队拉主胡的那位男同学多次向我热诚夸赞:"尹桂芳好!尹桂芳好!"确实夸得有理!

杭大戏曲队女同学何理常,在大学毕业40周年时从杭州写信给我:"至今我还记得你课余教唱越剧《西厢记》的情景:教得那么认真投入,学得又那么认真,真让人陶醉!"我记得当时校戏曲队员们围坐在中文系大教室前的绿地上,由我教唱越剧,曲目是《西厢记·拷红》(第4段)。当时的《越剧〈西厢记〉曲谱》中,尚未收入袁雪芬的杰作《琴心》,因而我未能教唱。此曲在袁派传人陶琪演唱的碟片中,更名为《尽在不言中》(第3段)。陶琪唱得很不错,特别是伴奏音乐比其他版本更明快,更流畅,更紧凑,更适于单独演唱。其实,我对《拷红》的伴奏音乐,在半世纪之前也做过同样的处理——把中间对白部分的好几段伴奏删去了。

去年初，何理常同学听了我第一张无伴奏碟片的三段唱后来电："王云兴，我觉得孟莉英也唱得很好听！"那时，我仿佛又回到了20世纪50年代末的杭州大学校园，面对戏曲队员的期盼，我习惯地答道："是很好听的。那就让我来学学看吧！"碟片第8段《教我紫娟怎不愁》就是这样形成的。

1959年暑假，杭大师生到萧山农村"双抢"（抢收抢种），我在田间慰问时，为大家演唱了《春香传·狱中歌》（第12段）。凝重悲怆的弦下调，犹如阵阵清风掠过。唱毕，正在车水的张美英同学连声说："王云兴，这段好听，特别好听！"记得当时《春香传》有一张唱片，一面是《爱歌》，一面是《狱中歌》。我偏爱《狱中歌》，不仅学唱得滚瓜烂熟，而且还请周育德记了谱，珍藏至今。

第13段《梦蛟哭塔》，是戚雅仙剧团的二肩小生、唱得最好的范派传人胡少鹏小姐的代表作；第14段《情探·序幕》合唱，是一首诗情画意、情味隽永的佳作。这两段都是我在大学教唱越剧的曲目。第17段《梁祝·十八相送》合唱，是屠锦华等复旦速中越剧队同学送别我们1957届毕业班时演唱过的，真挚缠绵，情深似海，我历来喜爱。

浙江越剧二团是当年男女合演搞得最出色的一个剧团。碟片中选了该团两个名段：第5段《风雪摆渡·鹅毛大雪满天飞》，由著名旦角王媛原唱，是我们大学同班同学人人会唱的一段现代戏；第15段《赵氏孤儿·描画》，由著名男老生郑瑞棠原唱，是在我担任杭州师范学校越剧队指导老师时的一份教材。王、郑二位都唱得很出彩，足与群星争辉。

20世纪50年代末，为了排演四幕大型男女合演现代越剧《红花绿叶》，杭大戏曲队曾邀请浙越二团三位艺术家来校辅导男调和女调的对唱方法。一位女演员叫曹蓉芳；一位男演员就是后来在《赵氏孤儿》中饰演程婴的郑瑞棠；一位是主胡琴师杨海泉。大家围坐在舞台上交流。在两位演员反复示唱后，杭大戏曲队长钱苗灿亲手操琴，命我高歌一曲

《三盖衣》作为交流汇报。我这次演唱《三盖衣》影响较大。有人说我的演唱体现了"业余剧团"的"专业水平",还有人把唱《三盖衣》看成了我的标志。几十年后,有位忘了我姓名的戏曲队员还写信问钱苗灿:"那位唱《三盖衣》的老同学现在好吗?"

平时学唱越剧,我虽生、旦统唱,但自知较长于旦,较短于生。对此,别人好像都看不出,只有苗灿洞若观火。他不但在当年让我以旦角示唱于专业演员之前,而且在大学毕业40年之后,依然认定我们班的"小生骆重信,刚柔胜当年。老王咽喉炎,仍是'当家旦'"。鉴此,碟片中5段生、旦对唱,理应由我和诸暨骆重信搭档较妥。可惜我和老骆都年迈体弱,很难凑到一块儿。于是,我的小侄儿王耀清便成了我的新搭档。光阴荏苒,转瞬间耀清也是50开外的人了! 他也喜爱越剧。这次制作碟片,他包揽了操琴和录制;他学唱的范、徐、毕三派小生,让第二张碟片大为增色。

碟片中的伴奏,除《西厢记·琴心》等8段采用现成越剧伴奏音乐外,其余10段二胡伴奏,均由耀清操琴,由我敲鼓板。

2011 年 9 月

王云兴、王耀清学唱越剧名段 18 首目录

录制时间：2011 年 9 月

1.《婚姻曲》选段（原唱：戚雅仙；学唱：王云兴）

2.《碧玉簪·三盖衣》选段（原唱：金采风；学唱：王云兴）

3.《西厢记·琴心》（原唱：南京越剧团 陶琪；学唱：王云兴）

4.《西厢记·拷红》（原唱：吕瑞英；学唱：王云兴）

5.《风雪摆渡·鹅毛大雪满天飞》（原唱：浙越二团、王媛；学唱：王云兴）

6.《红楼梦·接来娇花倚松栽》（原唱：周宝奎；学唱：王云兴）

7.《红楼梦·天上掉下个林妹妹》（原唱：徐玉兰、王文娟；学唱：王耀清王云兴）

8.《红楼梦·教我紫鹃怎不愁》（原唱：孟莉英；学唱：王云兴）

9.《红楼梦·宝玉哭灵》（原唱：尹桂芳；学唱：王云兴）

10.《红楼梦·问紫娟》（原唱：徐玉兰、孟莉英；学唱：王耀清、王云兴）

11.《祥林嫂·洞房》（原唱：史济华、金采风；学唱：王耀清、王云兴）

12.《春香传·狱中歌》（原唱：王文娟；学唱：王云兴）

13.《白蛇传·梦蛟哭塔》（原唱：胡少鹏；学唱：王云兴）

14.《情探·序幕》合唱（原唱：上海越剧院合唱队；学唱：王云兴）

15.《赵氏孤儿·描画》（原唱：浙越二团　郑瑞棠；学唱：王云兴）

16.《梁祝·草桥结拜》（原唱：袁雪芬、范瑞娟；学唱：王云兴、王耀清）

17.《梁祝·十八相送》合唱（原唱：上海越剧院合唱队；学唱：王云兴）

18.《梁祝·十相思》（原唱：杨文蔚、金静；学唱：王耀清、王云兴）

生命不息，唱戏不止

王云兴学唱越剧名段 12 首简介

  2016 年初，在我跨入 83 岁高龄之际，我在佳龙小区迎春联欢会上放声高唱了越剧《血手印·花园会》。我还说："唱越剧可以长寿——唱歌也是一样。我每天跟着伴奏音乐唱一小时越剧，每次唱得热血沸腾，荡气回肠，大大有利于促进身心健康。生命不息，唱戏不止。如果可能，我 90 岁还要来唱，那时也许要坐着唱了；我 95 岁还要来唱，那时可能要躺着唱了。"大家热烈鼓掌，要我"再来一个"。主持人吴燕问我："王老师，累不累？"我："一点不累！"吴："要不要休息一下再唱？"我："不用。"紧接着，我又唱了一段《祥林嫂·青青柳叶蓝蓝天》。

  为了把我近年来学唱越剧的声音记录下来，2016 年 11 月，在我小侄儿王耀清的全力帮助下，我又录制了《学唱越剧名段》12 段，这是继 2010 年 1 月 26 日、2011 年 9 月之后，我录制的第三张《学唱越剧名段》碟片。碟片中 12 段演唱，8 段是新的，占总数 2/3；4 段是重录，占总数 1/3。

  重录的原因，主要是伴奏问题。例如《三盖衣》（第 8 段），三张碟片都录了：第一张是无伴奏清唱；第二张是京胡伴奏；第三张是乐队伴奏。从音乐效果看，第三张最完美。但从板式变化看，第一张和第二张都由丝弦慢板、慢清板和中清板三部分组成，都更完美。但我们找到的杭州越剧院谢群英的伴奏带却只有一、二两部分的丝弦慢板和慢清板，缺第三部分的中板，这是美中不足。最后，我们加了一段京胡伴奏的中板，弥补了这个不足。

又如《婚姻曲》（第1段），它是越剧史上从内容到形式都非常完美的经典唱段，理应得到完整的保存和守护。现在把《婚姻曲》改成了《迎新曲》，把"父母之命不足道"改成了"父母之命做参考"之类，似乎包办婚姻已经解决，《婚姻曲》再无存在的价值……这些，我认为都欠慎重，都有点弄巧成拙，令人吐槽。在第二张碟片中，我曾由二胡伴奏演唱了一段《婚姻曲》慢中清板，总觉不过瘾。后来找到杭州黄龙越剧团王杭娟的伴奏带，那是原汁原味的戚派，我十分高兴，就把它收入了这次的第三张碟片。可惜王杭娟的伴奏带只有"合唱"和"慢中清板"两部分，后面第三部分的大段二凡板都未收入。虽然收有原版《婚姻曲》的碟片，我已觅到一张，但那不是双声道，无法分析出伴奏音乐。若是双声道，我一定会录制出完整的《婚姻曲》，那才称心呢！

又如《王老虎抢亲·寄闺》，在第一张碟片中，是无伴奏清唱，那是我跟着南京越剧团《越剧名段》碟片中的朱蔺小姐学唱的，那碟片也不是双声道。后来南京越剧团将《越剧名段》改成了双声道，出了"卡拉OK"碟片，我才在第三张《学唱越剧名段》碟片中重录了这段《寄闺》。嵊州钱进德学兄曾问我："你为什么特别喜欢唱这一段？"我："因为这一段调式丰富，起承转落全面，行腔柔美含蓄，篇幅又较适中，很适合教学示唱和聚会演唱。"进德："哦！"

又如《西厢记·拷红》（第10段），在第二张碟片中是二胡伴奏，与当年我在杭州大学和杭州师范学校教唱时一模一样。那时杭大陈晓春同学殷切期望我能化装演出这段戏，我因限于条件——那时尚无伴奏带，

179

我又不擅长表演等，故没能演成。现在，找到了绍兴小百花吴素英的伴奏带，重新录制，又加入了红娘与老夫人的对白，总算比较完美了。

新录的8段，大多是我一贯热爱、唱熟、背熟的，如戚派《楼台会》（第5段）、《合钵》（第6段），王派《黛玉葬花》（第12段）等，我常为大家演唱。有些则是新学的，如戚派《苏三起解》（第2段）、陆派《宿庙题诗》（第11段）等，都曾给我留下过美好、难忘的印象，但我早年都不会唱；退休以后，才有时间让我弥补学唱。

金采风的《官人好比天上月》（第9段）与吕瑞英的《拷红》（第10段）一样，都是越剧老戏中的精品。她俩的演唱都出类拔萃，都远远超越了她们的前辈。2013年我去嵊州，我的大学同窗吴孝琰曾饶有兴味地告诉我："去年，在我大姐吴燕丽90华诞寿宴上，我唱了一段《官人好比天上月》助兴，大家都说我唱得很像，很好，很有味道。其实我什么越剧都不会唱，就只会唱这么一段《官人好比天上月》。云兴，我现在唱一遍给你听听！"我听他唱罢："唱得真好。你是怎么学会的？"他："我是在大学里跟你学的啊！我还请你作了个别辅导，你一句一句教过我，让我记得很牢很牢。"这段精品，我十分喜爱，一直想把它收入我的《学唱越剧名段》中，但苦无伴奏，未能录成。这次找到了杭州越剧院谢群英的伴奏带，降低了一些调门，唱起来还算流畅，终于录制成功。这，就我而言，是如愿以偿；就孝琰而言，也算是我对他的一个呼应。

2016年11月

王云兴学唱越剧名段 12 首目录

录制时间：2016 年 11 月

1. 《婚姻曲》（戚派。示唱：杭州黄龙越剧团　王杭娟。）
2. 《玉堂春·苏三起解》（戚派。示唱：杭州黄龙越剧团　王杭娟。）
3. 《王老虎抢亲·寄闺》（戚派。示唱：南京越剧团　朱蔺。）
4. 《血手印·花园会》（戚、毕派。示唱：上海　金静、丁小蛙。）
5. 《梁祝·楼台会》（戚派。示唱：杭州黄龙越剧团　王杭娟。）
6. 《白蛇传·合钵》（戚派。示唱：上海　金静。）
7. 《祥林嫂·青青柳叶》（袁派。示唱：上海越剧院　方亚芬。）
8. 《碧玉簪·三盖衣》（金派。示唱：杭州越剧院　谢群英。）
9. 《盘夫·官人好比天上月》（金派。示唱：杭州越剧院　谢群英。）
10. 《西厢记·拷红》（吕派。示唱：绍兴小百花　吴素英。）
11. 《劈山救母·宿庙题诗》（陆派。示唱：浙江越剧团　廖琪瑛。）
12. 《红楼梦·黛玉葬花》（王派。示唱：上海越剧院　单仰萍。）

我与越剧共此生

王云兴越剧练唱曲 22 首简介

2010 年，我 77 岁，开始给亲友们寄送贺年礼物《王云兴学唱越剧名段》碟片，转眼我已 88 岁了。前三张碟片是：

2010 年《王云兴学唱越剧名段 3 首》；

2011 年《王云兴、王耀清学唱越剧名段 18 首》；

2016 年《王云兴学唱越剧名段 12 首》。

2021 年《王云兴越剧练唱曲 22 首》，实际上是我的第四张也是最后一张《学唱越剧名段》碟片。所不同者，是把"学唱"改成了"练唱"，"越剧名段"改成了"越剧练唱曲"。

做这样改动的主要原因，是《22 首》中的第 17 首"《货郎与姑娘》幕前合唱"，乃 1958 年杭州大学越剧团合唱队演唱。其开头的进行曲式的前奏曲，由龚雪峰同学谱写；四句合唱由我定腔，由周育德同学记谱。这样的作品，当时虽被大学同窗誉为"新腔"，且因其清新明快、越味浓郁而广被传唱，但它毕竟不能跻身"越剧名段"。而将其他 21 首真正的"越剧名段"改称"越剧练唱曲"，倒是可以的。于是，"越剧练唱曲 22

首"的名称，由此确定。

关于《婚姻曲》。对这首越剧金曲，我始终怀着"致敬经典"的虔敬之心。我曾感叹：若能"录制出完整的《婚姻曲》，那才称心呢！"经过几年摸索和努力，我侄王耀清终于帮我制作出一首完整的《婚姻曲》伴奏曲：前后合唱和第二段慢中清板，采用杭州王杭娟的伴奏；中间大段二凡板由侄儿操琴，我敲鼓板。70年前的1951年，戚雅仙宗师的《婚姻曲》一面世，立即风靡全国，令我倾倒。整整唱了70年，只留下一点小小的遗憾，那就是找不到完整的伴奏曲。现在终于能跟着新录的伴奏曲，演唱完整的《婚姻曲》了，我真的很称心！

在前三张碟片目录中，我把"被学唱者"称作"原唱"或"示唱"，把"学唱者"称作"学唱"，简单了些。在第四张碟片目录中，我做了些改动，把"被学唱者"分为三种："原唱"，为越剧流派创始人，如戚雅仙、袁雪芬、金采风、吕瑞英、陆锦花、王文娟、尹桂芳等；"传唱"，为越剧流派传承人，如王杭娟、朱蔺、金静、方亚芬、陶琪、谢群英等；"演唱"，为自创越剧名段的越剧名家和普通的越剧演唱者，前者如朱东韵、王媛、周宝奎、孟莉英，后者如杭州大学越剧团合唱队等。至于我自己，则永远是一名越剧的"学唱者"和"练唱者"。在早年的漫长岁月里，我学唱了一批越剧名段，学会了就不断练唱，那时我主要是"学唱者"，同时也是"练唱者"。85岁以后，我才是专门的"练唱者"。"看越剧"——特别是"唱越剧"，给我此生带来了满满的欢乐和幸福，令我感恩匪浅。

越剧表演艺术家金采风在夫君黄沙过世后出过一本书《越剧黄金——我与黄沙共此生》。我套用采风金言，以"我与越剧共此生"作本篇正题，虽与我常说的"生命不息，唱戏不止"或"生命不息，越音不止"同义，但色彩更佳，含义更深，我很欢喜。随着年岁增长，再学唱新曲目，已有困难。我决心把这 22 首越剧练唱曲作为晚年天天练唱的曲目，与之相伴到永久。

2021 年 3 月 30 日

王云兴越剧练唱曲 22 首目录

2021 年 3 月录制，时年 88 岁

1.《婚姻曲》(戚派。上海合作越剧团戚雅仙原唱。)

2.《玉堂春·苏三起解》(戚派。杭州黄龙越剧团王杭娟传唱。)

3.《王老虎抢亲·寄闺》(戚派。南京越剧团朱蔺传唱。)

4.《血手印·花园会》(戚、毕派。上海静安越剧团金静、杨文蔚传唱。)

5.《梁祝·楼台会》(戚派。上海静安越剧团朱祝芬传唱。)

6.《白蛇传·合钵》(戚派。上海静安越剧团金静传唱。)

7.《西厢记·琴心》(袁派。上海越剧院袁雪芬原唱。)

8.《西厢记·拷红》(吕派。上海越剧院吕瑞英原唱。)

9.《双烈记·夸夫》(袁派。南京越剧团陶琪传唱。)

10.《祥林嫂·青青柳叶蓝蓝天》(袁派。上海越剧院方亚芬传唱。)

11.《祥林嫂·洞房》(袁派。上海越剧院方亚芬传唱。)

12.《祥林嫂》幕后独唱 (上海越剧院朱东韵演唱。)

13.《盘夫·官人好比天上月》(金派。上海越剧院金采风原唱。)

14.《碧玉簪·归宁》(金派。杭州越剧院谢群英传唱。)

185

15.《碧玉簪·三盖衣》(金派。上海越剧院金采风原唱。)
16.《风雪摆渡·鹅毛大雪满天飞》(浙江越剧二团王嫒演唱。)
17.《货郎与姑娘》幕前合唱(杭州大学越剧团合唱队演唱。)
18.《劈山救母·宿庙题诗》(陆派。上海越剧院陆锦花原唱。)
19.《红楼梦·可怜你年幼失亲娘》(上海越剧院周宝奎演唱。)
20.《红楼梦·黛玉葬花》(王派。上海越剧院王文娟原唱。)
21.《红楼梦·叫我紫鹃怎不愁》(上海越剧院孟莉英演唱。)
22.《红楼梦·宝玉哭灵》(尹派。福建芳华越剧团尹桂芳原唱。)

后记

从 1951 年我爱上越剧至今，已整整 70 年了！

作为一名老越剧迷，除了迷恋于进剧场看越剧和醉心于天天唱越剧外，我较少撰写关于越剧的文稿，前 60 年只写过两篇：《越剧〈红楼梦〉观后》，作于 1958 年 5 月，我 25 岁；《杭大学生戏曲活动琐忆》，作于 1987 年 1 月，我 54 岁。

我较多撰写越剧文稿，起始于 2010 年，我 77 岁。本书稿件，大部分作于此后 10 年。

我衷心感谢周育德、钱苗灿、钱进德三位大学同窗和侄儿王耀清对我的关怀、鼓励和帮助！

2021 年 4 月 1 日